Book Cover Design by RockingBookCovers.com Story 2019

©Copyright by Hiam Mondini

Herstellung und Verlag: BoD - Books on Demand, Norderstedt

ISBN: 978-3-7481-7445-5

Für alle Rosalías!

„Die gestohlenen Leben – Band II"

Hiam Mondini

Schon wieder geschrieben auf meinem alten
BlackBerry

(und nein, ich werde nicht gesponsert…noch nicht!)

Intro

„Nein, nein, nein, nein, NEIIIIN!!!! Nicht schon wieder! Das darf doch einfach nicht wahr sein! So bist du deinen Job schnell wieder los, meine Liebe! Was heisst hier meine Liebe? Eine doofe, unzuverlässige und verträumte Kuh bist du! Nichts anderes! Mensch wirklich! Jetzt los, los, los!" Rosalía hat während ihres lauten Selbstgesprächs ihre Bettdecke zu Boden geworfen, sich ihr Nachthemd ausgezogen und ist wütend in die Badewanne gestiegen. „Jawohl! Halleluja! Das muss natürlich auch heute noch passieren! Scheiss Dusche! Scheiss Vermieter! Scheiss Tag!"

Wütend steigt die kleine Mexikanerin wieder aus der grünen Badewanne mit eiskalt tropfendem Wasser aus dem verrosteten Hahnen. Sie schnappt sich ein frisches Tuch aus dem offenen Regal in der Badezimmerecke und vergräbt ihr noch trockenes Gesicht darin. Sie nimmt einen tiefen Atemzug, inhaliert die Frische, den Duft nach Lavendel aus der Provence. Sie denkt sich für den Bruchteil einer

Sekunde, dass das wunderbare Bild eines Lavendelfeldes auf der Weichspülpackung keine leeren Versprechungen gemacht hat. „Na gut, dann eben kalte Handwäsche und erst nach dem Mittagssport duschen. Und diese Selbstgespräche sollten besser auch mal aufhören Rosa, die werden dir noch zum Verhängnis...." Sie füllt zeitgleich das kleine Lavabo mit kaltem Wasser, spritzt etwas Eau de Cologne hinein und taucht den ebenfalls nach Lavendel duftenden Lappen in das erfrischende Nass, welches sie sogleich wohltuend auf ihrem Gesicht verteilt. Sie erblickt ihren müden Ausdruck im Spiegel und seufzt ihn leise an: „So wirst du sehr, sehr schnell altern. Und wer weiss, vielleicht kommt heute der süsse Typ mit dem Baby wieder, so machst du bestimmt keinen guten Eindruck! Ich frage mich, ob er allein erziehend ist..."

Kapitel 1

Sie spürt ihr Herz bis in die Halsschlagader pochen. Wie ist das möglich, dass ein einziges Organ dem Körper so viel Unbehagen verleihen kann? Ein Organ, so gross oder klein wie die eigene Faust, beherrscht einfach alles. Kein Herz - kein Mensch, wie simpel. Gebrochenes Herz - trauriger Mensch. Hämmerndes Herz - aufgeregter Mensch. Wild schlagendes Herz - aufgebrachter Mensch. Was für einen Menschen ergibt es wohl, wenn alle drei Herzen zusammen musizieren? Gebrochen, hämmern und schlagen? Linda würde gerade jetzt auf ihre momentane Verfassung tippen. Und damit der Zustand noch etwas nachgewürzt wird, mischt sie gedanklich eine Prise Verletzung, Trauer und stinkende Wut darunter. So, fertig! Sie kaut nervös an ihren Fingernagelhäutchen und bemerkt überrascht ihr Spiegelbild. Das ist ja tatsächlich so, dass in den Verhörzimmern der Polizei solche Spiegel hängen! Sie steht auf und geht in langsamen Schritten darauf zu. In den Filmen zeigen sie immer, wie jemand dahinter steht und die Personen beobachten. Ob das gerade jetzt auch jemand bei ihr macht? Nur, wen könnte es interessieren, was sie gerade tut. Auch ist es keine Verhörsituation, also eigentlich nichts zu verpassen hier. Ein nägelkauendes Wrack mit unheimlich wenig Geduld.

Was dauert denn nur so lange? Sie betrachtet sich im Spiegel, nein, sie beobachtet sich selbst. Wie konnte dies alles nur passieren, Jasmin? Was soll das? Roberto! Sie schreit seinen Namen plötzlich laut in den Spiegel, als würde er dahinter stehen: „ROBERTOOOOO!!!! WARUUUM???" Sie bricht schluchzend zusammen und kauert auf den Knien am Boden, als auch sogleich die Tür aufgerissen wird und Frank hereinstürzt. Er eilt auf Linda zu, kniet neben sie und nimmt sie in seine Arme. Er drückt sie fest an sich, streicht ihr liebevoll über das dunkle Haar und küsst sie tröstend auf den Kopf: „Schhh... alles gut, bin schon wieder da. Es wird alles gut, Linda, alles wird gut... schhh..." Er drückt sie noch fester an seine Brust und spürt, wie sie zittert. Behutsam steht er mit ihr auf und wiegt sie in seiner Umarmung. „Sie ist hier, Linda. Bald gibts Antworten auf unsere Fragen. Sie ist hier..."

Linda stoppt abrupt ihr Schluchzen und löst sich ruckartig aus Franks Umarmung. „SIE ist HIER? Auf der Wache? Hier? Wo? Wo ist sie? Ich will sie sehen! Wo ist Roberto? Ist er auch hier?" Wie ein aufgescheuchtes und verwirrtes Tier sieht sie mit aufgerissenen Augen ihren treuen Begleiter an und will zur Tür, als er sie mit festem Griff an der Hand zurückhält.

„Warte Linda, sie kommen gleich her. Ich weiss, jede Sekunde ist schwierig zu ertragen. Jetzt, meine Liebe, sei tapfer und halte noch etwas durch. Gleich ist sie da und wir werden den Stier an den Hörnern packen! Das verspreche ich dir! Wir sind schon bald am Ziel!" Er nimmt das Tränen überflutete Gesicht in seine grossen Hände und, wie so oft in den vergangenen Wochen, streicht er die geschwollenen Augen mit seinen Daumen trocken und tröstet sanft die geröteten Wangen.

„Ich bin so stolz auf dich! Du machst das grossartig!"
Kaum hat er seine mutbringenden Worte
ausgesprochen, öffnet sich die Tür.

Kapitel 2

Die stickige, atemraubende Luft der
mexikanischen Kleinstadt treibt auch den
Einheimischen klare Schweissperlen aus den
Stirnporen. Genau wegen dieser Hitze verläuft
jegliches Treiben und Sein in gemächlichem Tempo.
Kein Hetzen, kein Hupen, kein lautes Schwatzen.
Rosalía scheint auch heute jegliche Normen
sprengen zu wollen und rennt in ihren neuen,
goldenen Sandaletten, einer ausgefransten
Jeansshorts und einem weissen Spitzentop über die
Strasse und winkt dem Buschauffeur strahlend zu.

„Holà Pedro! Espera me!", kaum ausgerufen,
hüpft sie auch schon mit einem Fuss auf den Absatz
der Bustür, welche vom ältesten Busfahrer der Stadt
aufgehalten wird. Durch seinen struppigen

Schnurrbart grinst der alte Mexikaner die nach Luft ringende Frau an und zeigt, wie jeden Morgen, seine Zahnlücke: „Buenos días, Señorita! Hübsche Schuhe, Schnell, wir müssen los. Ich kann nicht jeden Tag wegen einer schönen Señorita später losfahren...." Rosalía zwinkert dem stets netten Mann zu und sendet ihm beim Vorübergehen einen Handkuss. „Muchas gracias mi amor! Was macht dein Fuss? Ist er noch geschwollen? Kommst du mal wieder für eine Kontrolle bei mir vorbei?" Sie setzt sich auf den vordersten Sitz, so dass sie den Fahrer gut sehen und in seinem grossen Rückspiegel von Zeit zu Zeit Augenkontakt halten kann.

Nach knapp 30 Minuten hat Rosa ihren Kaffee getrunken, die Banane verschlungen und ihre Nachrichten in der Inbox gelesen. Wieder keine positive Antwort. Als hätte Pedro ihre enttäuschenden Gedanken lesen können, gibt er ein zischendes Geräusch von sich, um ihre Aufmerksam via seinen grossen Rückspiegel zu erlangen: „Dime belleza, was machen deine Auslandspläne? Wann verlässt du den alten Umberto und brichst ihm sein Herz?" Er grinst schelmisch zwischen seinem Bart hindurch und entblösst wieder seine hilfesuchende Zahnstellung. Rosalía spitzt ihre Lippen zu einem Kuss in den Spiegel an der Busfrontscheibe und zwinkert dazu: „Wie soll ich ohne dich irgendwo auf der Welt hinkommen? Du kommst samt deinem Bus mit mir. Habe ich dir das etwa noch nicht gesagt? Egal, wohin ich gehen würde. Mi amor! Nur leider hat das Universum offenbar mucho, mucho, mucho viel mehr Geduld als ich." Sie verdreht ihre Augen, atmet tief ein und sieht durch das staubige Fenster hinaus. Pedro blickt sie immer wieder im Spiegel an und überlegt, wann sich seine Träume in Luft aufgelöst haben. Wann hat er aufgehört nach Sternen greifen zu wollen? Ob er an diesem Steuerrad sterben würde?

„Hasta luego, Pedro! Vorsichtig fahren und komm bitte bald vorbei! Versprochen?" Rosa hüpft leichtfüssig aus dem Bus und der zweite Handkuss an ihren Lieblings-Buschauffeur fliegt über ihre Schulter. Sie wirft sich ihre alte Lederhandtasche quer über den Oberkörper auf den Rücken, und beginnt loszurennen.

„Wenn du so richtig Gas gibst, schaffst du die Stempelkarte noch rechtzeitig. Nicht reden jetzt, rennen!" Ihr tägliches Training scheint Früchte zu tragen und wird zur richtigen Zeit genutzt. Ausser Atem, die Arme in die Hüfte stützend und leicht schwindelig, setzt sie einen Fuss nach dem anderen, mit der abgestempelten Arbeitszeitkarte in der Hand, Richtung Personalgarderobe. Sie öffnet die Tür, welche ihr tonnenschwer vorkommt, schleppt sich langsam zu ihrem Garderobenschrank und setzt sich auf die Holzbank davor. Ihre neuen Sandalen, welche definitiv nicht fürs Rennen geeignet sind, werden abgestreift, ihr Top über den Kopf gezogen und sie erhebt sich, um ihre Hose ebenfalls auszuziehen, als sich die Tür öffnet und Carmelíta eintritt.

„Holà! Ich dachte schon, du kommst heute gar nicht mehr! Was ist denn los? Was hast du schon wieder ausgefressen? Oh wow, du hast trainiert? Hey, sehe ich da etwa ein Sixpack?" Sie kaut aufgeregt auf einem Kaugummi, was Rosalía noch nie leiden konnte. Sie sieht Carmelíta irritiert an, während sie ihren weissen Kittel zuknüpft und höflich reagiert: „Auch dir einen wunderschönen guten Morgen! Ja, gerade noch geschafft. Was soll ich denn ausgefressen haben, ausgerechnet heute? Und übrigens glaube ich, Kaugummis sind nicht erlaubt auf der Station..." Sie grinst Carmelíta an, bindet ihre langen dunklen Haare zu einem Knoten auf dem Kopf zusammen und schliesst ihre Garderobenschranktür. Ihre Gesprächspartnerin setzt sich auf die Holzbank und sieht sie mit neugierigem Blick an: „Na, weil der Director dich überall sucht!"

Kapitel 3

Linda blickt enttäuscht, überrascht und misstrauisch in das ihr sehr vertraute Gesicht. Arme werden weit ausgebreitet und sie löst sich aus der Umarmung mit Frank. Mit langsamen Schritten geht sie auf die drei Personen zu, welche eben in das Verhörzimmer eingetreten sind, und bleibt vor den ausgebreiteten Armen stehen. Ehe sie einen Laut über ihre Lippen bringt, trifft sie auf leises Schluchzen: „Jasmin, es tut mir so leid... Mein Gott Jasmin... Wenn ich gewusst hätte, dass du... Jasmin, du lebst! Du lebst! Jasmin, ich kann es kaum fassen, dich zu sehen! Aber was ist mit..." Der Blick wandert an Lindas Körper entlang und Linda verschränkt instinktiv die Arme vor ihrem flachen Brustkorb. Mit eiserner, fast argwöhnischer Stimme fragt sie: „Woher weisst du, dass ich hier bin? Wo ist mein Baby? Wo ist Roberto?" Sie macht einen kampfansagenden Schritt auf die Person zu und wird sogleich von Frank zurückgehalten.

***

„Wir müssen dringend alle Flughäfen in New York, wie auch in den anliegenden Staaten informieren. Zudem müssen wir die Fahndungsbilder senden und einen Live Stream schalten. Jasmin Steiner soll mit Conley zusammen auf dem Bildschirm erscheinen. Mit ihm erzielen wir viel mehr Aufsehen und Zuschauer. Los, keine Zeit verlieren jetzt! Diese Schurken entwischen uns nicht!" Der FBI Agent zischt seine Worte mit bestimmtem und sachlichem Ton an seine Crew. Alle Angesprochenen drehen sich auf dem Absatz um und machen sich an die aufgetragene Arbeit. Der Teamleiter geht durch die Tür hinter sich und steht breitbeinig, mit den Händen in seinen Hosentaschen hinter einer grossen Glasscheibe, welche ihm freie Sicht auf den Raum ermöglicht, in welchem sich Jasmin Steiner, Conley und ihre Besucher an einem Tisch sitzend befinden. Er beobachtet Jasmins Gesichtszüge, ihre Haltung und ihre Gesten. Seine erfahrenen und geschulten Augen verraten ihm, wieviel Verzweiflung, Angst, Unverständnis und bittere Enttäuschung in der zierlichen Person gerade stecken. Sie lässt ihren konzentrierten Adlerblick nicht von den Personen, die ihr gegenüber sitzen. Ihre angespannte Haltung droht dem Aufspringen nahe, was wohl auch Conley bemerkt und sie sanft am Arm und an den Schultern festhält.

***

„Jasmin, hör mir doch bitte zu! Ich weiss nicht, wo sie sind! Ich weiss gerade mal, dass du am Leben bist und wir haben dich in der Schweiz verabschiedet!" Claudias Schluchzen wird nun immer stärker und sie kann kaum die Silben aussprechen. Torr, ihr Ehemann, legt ihr die Hand beruhigend auf die Schulter und übernimmt das Wort: „Roberto hat Claudia gebeten, eure Wohnung zu räumen, da er mit Mirjam nicht mehr zurückkommen will, weil du..." Ein lauter Schrei unterbricht seine Erklärung abrupt.

Linda fasst sich mit beiden Händen an den Bauch, als wolle sie diesen zerdrücken und schreit abermals auf: „Mirjam? MIRJAM!!! Ein Mädchen! Wo ist mein Mädchen!!!!" Ihr ganzer Körper zittert und sie scheint kaum Luft zu kriegen. Blitzartig steht Frank auf, gibt ein "Stopp" Zeichen, wie abgesprochen an den Spiegel an der Wand und spricht im höflichen, jedoch sehr bestimmten Ton zu dem erstarrten Ehepaar ihm gegenüber: „Zeit für eine Pause!" Er weist mit der Hand zur Tür, die soeben von FBI Agent Mayer von aussen geöffnet wird. „Bitte, sie braucht mehr Zeit, das reicht für den Moment." Claudia und

Torr verlassen etwas verwirrt den Raum und hinterlassen diesen der schluchzenden Linda und Frank. Dieser nimmt Linda in den Arm, streicht ihr über den Rücken, küsst sie vertraut auf den Kopf und wiegt sie sanft in seinen Armen: „Wir finden deine Mirjam. Und ich bin mir sicher, sie ist wohlauf und ebenso wunderschön und tapfer wie ihre Mutter!" Bei seinen Worten überkommt es Linda noch mehr und sie heult in seine Brust, was ihre Lungen noch hergeben: „Ich dachte sie hätten Leslie... Ich dachte Leslie sei hier... Sie weiss, wo Roberto und Mirjam sind... Frank, ich will mein Baby! Warum tut mir Roberto sowas Schreckliches nur an?"

Kapitel 4

Mit mulmigem Gefühl im Magen, geht Rosalía langsam den sterilen Korridor entlang zur Feuertreppe. Ob es nur an der Tatsache liegt, dass der Direktor sie sehen will oder auch an der Leere ihres Mageninhaltes. Sie versucht die Übelkeit zu ignorieren und hüpft leichtfüssig die einzelnen Stufen hoch. Seit sie ihrem Bewegungsdrang freien Lauf lässt, sich wo und wann immer möglich bewegt und ihr Herz zum Tanzen anregt, geht es ihr deutlich besser. Auch wenn wie heute der Tag am Morgen bereits zu scheitern droht, fängt sich ihr Gemüt unglaublich schnell und ihre Laune will sich nun eher selten lange in Trübsal baden. Es werde zur Sucht, hat man ihr gesagt und sie schon fast davor gewarnt. Jawohl, sie hat Blut geleckt und will nun mehr davon! Wie könnte etwas, das sich so gut anfühlt schlecht sein? Und auf keinen Fall würde sie jetzt zulassen, dass der Direktor ihr die wiedergefundene Frohnatur heute verdirbt. Sie kann sich beim besten Willen nicht vorstellen, was er von ihr will? Sie hat gerade ihre Probezeit mit Bravour hinter sich gebracht und den Vertrag schon lange unterschrieben retourniert. Es sind ihr keine Fehler unterlaufen, ausser dem zwei... ok, vielleicht auch dreimal etwas zu spätem Kommen. Dafür hat sie jeden Mehreinsatz angenommen und nicht einmal jedes Mal die Überzeit aufgeschrieben. Also hier wird er ihr nichts anhängen können! Nein, sie wäscht ihre Hände in Unschuld und wird ihm mit erhobenem Hauptes eine davon zum Gruss reichen!

Im Wartezimmer auf der Geschäftsleitungsabteilung drückt die kleine Mexikanerin in Weiss den Anmeldeknopf und sogleich blinkt der orangefarbene Knopf 'Warten' auf. Sie setzt sich auf ein bequemes Sofa und weiss auch sogleich, wohin das Geld, welches ihnen gekürzt wird, hinfliesst. Wozu braucht es in einem Wartezimmer vor dem Direktoroffice ein Sofa? Muss man hier so lange warten, dass ein Nickerchen fällig sein könnte oder ist das hier die alte Wohneinrichtung vom Direktor? Rosa muss kichern bei diesem Gedanken, aber sie beobachtet alles in diesem Raum. Von den Bildern an den Wänden bis zum schweren Teppich unter dem Loungetisch weist alles auf ein gemütliches Wohnzimmer und keinesfalls auf eine psychiatrische Klinik hin. Vielleicht werden hier ja auch Therapiegespräche geführt und die Patienten müssen sich schliesslich wohl fühlen. Wieder muss Rosalía ab ihren sarkastischen Gedanken schmunzeln, als der grün blinkende Knopf zu explodieren droht. „Jaja, ich komme ja schon...!" Sie streicht sich über die gestraffte Schürze, über die Stirn, atmet tief Luft ein und öffnet siegessicher die Tür.

„Señorita Dominguez! Treten Sie ein! Oder war es Señora?" Der kleine Direktor mit Halbglatze und dicker Brille nimmt Rosalías Hand zum Gruss und legt seine Linke ebenso darüber. Eine Geste, die sie noch nie mochte, da sie sich so bedrängt und in den Griff genommen fühlt. Sie drückt kurz zu, löst sich aus den aufdringlichen Klauen des Klinikleiters und erwidert mit höflichem Lächeln: „Rosalía passt ganz wunderbar. Sie wollten mich sprechen, Señor Director García?" Sie legt ihre Hände wie zum Gebet in ihren Schoss und sieht ihn mit ihren grossen braunen Kugelaugen neugierig an.

„Keine Minute verlieren! Ja, das habe ich gehört! Sie leisten grossartige Arbeit hier bei uns und es macht mich sehr stolz, Sie in meinem Team zu haben, Rosalía. Es ist mir ebenso zu Ohren gekommen, dass Sie aussergewöhnlich vertrauenswürdig und zuverlässig sind! Eigenschaften, auf welche ich zurzeit sehr angewiesen bin!" Der neugierige Blick der zierlichen Physiotherapeutin wandelt sich in einen unverständlichen und leicht verwirrten Gesichtsausdruck. Sie neigt ihren Kopf leicht zur Seite und blickt ihn fragend an: „Und was genau ist denn zurzeit?"

Kapitel 5

„Diese dürre Bohnenstange! Wenn ich die zwischen meine alten Wurstfinger kriege, mache ich Brennholz aus ihr! Ach was, diese Klapperstange würde nicht einmal zum Anfeuern reichen. Runterbrennen wie ein Streichholz würde sie! Nein, leiden soll sie. Ich muss in die Bibliothek! Ich brauche Folterbücher aus dem Mittelalter. Da hats bestimmt was Brauchbares dabei!" Susie, die herzensgute Empfangsdame vom Coney Island Hospital in New York, geht wie ein zerstreuter Professor mit hochrotem Gesicht in der Polizeiwache auf und ab.

Claudia und ihr Mann Torr sitzen mit traurigen und verzweifelten Gesichtsausdrücken auf einer Bank neben ihr. Sie nippen in Gedanken versunken an den Bechern mit kaltem und wässerigem Kaffeeinhalt. Eine junge Polizistin geht schnellen Schrittes auf Susie Manders zu, berührt sie sanft an einer Schulter, um sie nicht zu abrupt aus ihrer lauten wuterfüllten Welt zu reissen: „Ma'am, entschuldigen Sie bitte, Ma'am?" Susie sieht die junge Frau mit zusammengekniffenen Augen an und zischt: „Was denn?!" „Sie erschrecken die Leute..." mit präsentativer Armbewegung zeigt sie in Richtung Polizeiwache, wo mindestens vierzig Augen mit Ausdrucksweisen von Erstaunen, Entsetzen, Empörung und Schrecken auf Susie gerichtet sind.

„Na gut, eigentlich können Sie mich gleich verhaften, wenn ich nämlich diese Leslie erwische, mache ich garantiert etwas Verbotenes! Das verspreche ich Ihnen hier und jetzt vor all diesen gaffenden Zeugen hier!" Sie macht eine abschätzige Handbewegung in Richtung gaffende Zeugen und sieht die Polizistin der Coney Island Wache siegessicher an: „Ok, ok, Schätzchen, keine Sorge, Sie brauchen keine Angst zu haben! Diese alte, schnatternde Gans hier ist nicht gefährlich.....noch nicht.....Na egal, ich bin jetzt ruhig... Wo sind denn Frank und Linda?" Susie sieht sich fragend im Raum um, als wäre sie erst gerade gekommen, um jemanden abzuholen.

„Das kann, respektive, darf ich Ihnen nicht sagen, Ma'am.", antwortet die leicht verwirrte Polizistin und greift mit beiden Händen an ihren mit Waffen ausgestatteten Gurt. „Manders, mein Liebes, diese Ma'am heisst Manders! Ich mag dieses alte ‚Ma'am' nicht besonders, wenn das möglich ist?" Susie stemmt ihre Hände spiegelgleich in ihre runden Hüften. „Sehr gerne, Miss Manders, dennoch kann ich Ihnen keine Auskunft geben. Wenn Sie keine Angehörige sind, dann..." Sogleich wird sie von der laut lachenden Susie unterbrochen: „Keine Angehörige sagen Sie? Was denken Sie denn, wen Sie vor sich haben? Jetzt aber husch, sagen Sie den beiden, dass Mama da ist! Husch, husch!" Sie versucht, die ernst bleibende Uniformierte mit ihren

Händen in der Luft wegzuwischen, was ihr misslückt. „Und von wem sind Sie denn bitteschön die 'Mama'?", fragt diese mit nun verärgertem und zugleich belustigtem Gesichtsausdruck.

„Susan Manders? Ist hier eine Susan Manders?" Ein FBI Agent tritt in den offenen Raum und liest den Namen von einer Karte in seinen Händen ab.

„Hier bin ich, mein Retter in der Not! Klein Sherlock Holmes wollte hier schon beginnen einen Krimi zu lösen!" Während sie das laut ausspricht, zwinkert sie der erstaunten Polizeibeamtin zu und flüstert ihr beim Vorbeigehen ins Ohr: „Nicht so ernst nehmen, meine Süsse, das gibt nur Falten und macht hässlich. Aber, wenn eine reife Dame sagt, sie ist die Mama, dann IST sie die Mama, egal von wem. Aber sie gehört zum Clan, verstanden?" Da sie aus den unzähligen Fernsehserien weiss, dass es äusserst ungeschickt wäre, der bewaffneten Beamtin auf die Schultern zu klopfen, macht sie mit der Zunge einen Schnalzlaut und stolziert mit erhobenem Haupt in

25

Richtung des FBI Agenten. „Hallo, mein Herr, wohin darf ich Ihnen folgen? Ich hoffe doch nicht, dass Sie mir Handschellen anlegen müssen?"

Kapitel 6

In Gedanken versunken schlendert Rosalía die Treppenstufen hinunter und lässt ihre Finger über das Treppengeländer gleiten. „Nicht, meine Taube, du weisst nie, wer das angefasst hat und mit welch schmutzigen Händen. Da hat es tausende von Bakterien darauf." Sogleich nimmt die noch zerstreute Mexikanerin die Hand vom Bakterienherd und legt ihren Daumen und ihren Zeigefinger um den Anhänger ihrer goldenen Halskette. Sie setzt sich auf die Treppe und sagt laut: „Du fehlst mir, Mima. Wenn ich dir nur erzählen könnte... aber bald... sehr bald schreibe ich dir bestimmt aufregende Geschichten, die dich freuen werden. Deiner Taube gehts gut, prächtig gehts mir... oder zumindest bald, sehr bald! Und für dich gibts dann die besten Behandlungen und neusten Technologien, damit du die Stimme deiner

Taube wieder gurgeln hörst. Ich habe gerade einen aufregenden Job gefasst, stell dir vor, ausgerechnet MICH hat er ausgewählt....."

„Das hört sich nach einem sehr aufregenden Plan an!"

Mit einem Satz steht Rosalía erschrocken auf, dreht sich ruckartig um und blickt in die wohl schönsten grünen Augen, die sie je gesehen hat. „Sie haben einen Akzent!", stottert Rosalía in das strahlende Gesicht des grossen Mannes, welcher sich ihr nun nähert und sich lässig an das Bakteriennest lehnt. Dabei blitzt eine Halskette durch die Öffnung seines Hemdkragens auf. Die nervöse Physiotherapeutin denkt sich, ob er diese Kette auch geschenkt bekommen hat. Vielleicht von der Mutter des Babys?

„Sie sind ja eine Nummer! Führen hier spannende Selbstgespräche und erlauben sich dann, sich über meinen Akzent lustig zu machen?" Nebst seinen schelmischen grünen Augen, präsentiert er ihr nun auch seine strahlend weissen Zähne in perfekter

Stellung. „Ich habe mich nicht lustig gemacht, lediglich eine überraschende Feststellung geäussert. Ich... ich... habe nichts gegen Akzente. Überall auf der Welt ausser hier in Mexiko habe ich auch einen Akzent." Verlegen versucht Rosalía sich aus dieser, ihr äusserst unangenehmen, Situation zu retten und dreht sich in Richtung Treppenabstieg.

„Sie wollen mich doch nicht mit offenen Fragen hier einfach so stehen lassen? Was für einen Plan hecken Sie denn aus? Brauchen Sie einen Komplizen?" Der schöne Akzentadonis verschränkt lässig die Arme vor seiner Brust, die sich sogleich anspannt und Rosalía dazu zwingt, noch verlegener wegzuschauen.

„Ich bin da eher unabhängig unterwegs und, um ehrlich zu sein, Sie machen mich nervös! Das ist nicht gut für mich, ich brauche einen klaren Kopf heute. Also nicht nur heute, immer natürlich. Aber heute besonders. Sehen Sie? Das geht nicht, Sie können mich nicht bei meinen Selbstgesprächen stören und dann so viele Fragen stellen und mir Ihre weissen Zähne und Ihre Muskeln zeigen und... und ich muss jetzt los zur Arbeit. Ich habe, ich werde, ich sollte... mi amigo!... hasta luego!"

***

Schon zum vierten Mal an diesem Morgen, ist Rosalía ausser Atem und hält sich an der Kaffeemaschine im Personalzimmer fest. Jetzt einen Kaffee, das sollte ihr helfen, wieder einen klaren Kopf zu kriegen.

„Ich habe es dir doch gesagt, Rosa. Diese Selbstgespräche werden dir noch zum Verhängnis. Das muss aufhören. Du hast jetzt eine wichtige Aufgabe gefasst, das darfst du nicht vermasseln." Sie drückt den Knopf für einen Kaffee Americano und sieht der wässrigen Brühe zu, wie sie langsam in einen Wegwerfbecher mit dem aufgedruckten Klinik-Logo fliesst. Sie spitzt ihre Lippen und bemerkt, dass sich etwas Weisses auf der verchromten Maschine bewegt. Sie fokussiert den hellen Fleck und ihre Augen werden langsam grösser, bevor sie sich langsam umdreht.

„Ich mache das nicht mit Absicht! Wirklich nicht!" Zwei grosse Hände winken selbstverteidigend die Luft vor ihrem Gesicht weg und dahinter leuchten wieder die magisch grünen Augen auf.

„Sie dürfen hier nicht sein, das ist das Personalzimmer! Hier dürfen sich nur Angestellte der Klinik aufhalten und Selbstgespräche führen." Peinlich berührt steckt sich Rosalía ihre Hände tief in ihre Taschen der weissen Schürze und dreht sich zur ratternden Kaffeemaschine um. Sie schliesst ihre Augen, beisst sich auf die Lippen und hofft, dass die Maschine keine Röte widerspiegeln kann. Als sie bemerkt, dass sich der helle Fleck nicht von der Maschine wegbewegt, atmet sie tief ein und sagt: „Kein Komplize. Mein letztes Wort!"

Ein leises Pfeifen, gefolgt von einem Räuspern, machen sich hinter Rosalías Rücken bemerkbar: „Hm, soll ich das denn nun so dem Señor Director mitteilen?" Ohne sich umzudrehen fragt die nun argwöhnische Kaffeetrinkerin neugierig: „Dem Señor Director?"

„Dem Señor Director. Der hat mich Ihnen zugeteilt. Und wenn Sie sich umdrehen, mal keine Selbstgespräche führen und ich Sie nicht mehr nervös mache, stelle ich Ihnen Ihren neuen Praktikanten sehr gerne vor!"

Kapitel 7

„Kamera läuft!" Der Kameramann zeigt mit einem Finger auf Frank, für den diese Handbewegung eine berufliche Selbstverständlichkeit ist, wie für eine Hebamme die ohnmächtigen Väter im Kreissaal. Er blickt in Lindas traurige Augen, nimmt ihre Hand und küsst diese vor laufender Kamera. Diese Geste scheint nicht nur die gesamte Crew, das FBI und das Team des Coney Island Police Departement zu überraschen, auch die Besitzerin der geküssten Hand sieht Frank mit erstauntem Gesichtsausdruck an. Der weltbekannte Actionheld zwinkert ihr liebevoll zu und lächelt sie vertraut an: „Meine Damen und Herren, liebe Erdenbewohner, Freunde und Helfer, darf ich Ihnen die wohl tapferste, mutigste und entschlossenste Frau vorstellen, die mir je in meinem Leben begegnet ist. Mein Name ist Frank Conley und das ist Jasmin Steiner. Dies ist ein ausserordentlicher Aufruf an Sie!" Der geübte Schauspieler zeigt mit seinem Zeigefinger direkt in die Kamera und macht dabei ein sehr ernstes Gesicht: „Jasmin wurden schreckliche Dinge zugefügt, um Ihnen das Schmerzerfüllteste zu nennen, sie wurde ihres Kindes auf entsetzliche Art und Weise beraubt. Helfen Sie uns, und melden Sie Ihrer örtlichen Polizeiwache oder der unten eingeblendeten Nummer, wenn Sie eine dieser beiden Personen in den letzten zwei Tagen gesehen haben." Der Kameramann zeigt mit seinem befehlerischen Finger auf einen Mann hinter einem Laptop, welcher sogleich zwei Fotos von je einer Frau und einem Mann auf dem Monitor einblenden lässt. Lindas leises Schluchzen wird nun hörbar und sie blickt verzweifelt in die Kamera mit flehendem Blick und heiserer Stimme: „Bitte, bitte, helfen Sie mir, mein Baby zu finden..."

***

„Ahhhh, wenn ich nur schon dieses Bild sehe, platzt mir mein Donutskragen! Komm her, meine Hübsche, Mama will dich jetzt knuddeln. Diese dürre, weisshaarige Schlange. Trau nie einer Klapperschlange, ich sollte mehr auf mein Bauchgefühl hören. Jaja, Sie brauchen mich gar nicht so zu mustern, auch unter diesem Speck hat es wunderbare Gefühlssensoren, die einwandfrei funktionieren. Mama Susie sollte nur mehr auf sie hören! Und jetzt lass dich drücken, Linda, Jasmin, meine Schöne!" Die warmherzige Empfangsdame, einst fremde Person, zieht Linda am Arm zu sich heran und drückt sie fest an ihre füllige Brust. Sie wiegt zwei-, dreimal schnell hin und her und hält das stehende Elend an beiden Schultern fest. Sie sieht ihr mit liebevollem Blick in die geschwollenen Augen: „Das steht dir nicht, das ist nicht hübsch. Du solltest lächeln und dich vorfreuen, dass wir Mirjam bald bei uns haben. Unser Göttermännchen hier hat nun Klartext gesprochen und bei all diesen Weibern vor der Glotze in unserem Land, die kaum warten können, endlich jemanden mal bei der Polizei zu verpfeifen und sich damit noch ein persönliches Danke von ihrem Superhelden zu kassieren, haben wir sie im Nu. Aiaiai, jetzt werden die Drähte heiss laufen, glaub mir Zuckerstange, da frisst die Susie sogar eine vegane Pizza, wenn das länger als 24 Stunden dauern sollte. Und dich nehme ich jetzt mit nach Hause, das reicht für jetzt, nicht wahr, Teleboy?" Susie dreht sich in Richtung Frank, welcher in ein Gespräch mit dem FBI Agenten vertieft ist, sich jedoch sogleich angesprochen fühlt. „Ja, das ist prima, geht ihr beiden doch schon mal vor, ich spreche noch mit den van Thiels." Er kommt auf die beiden Frauen zu, legt seine Hand auf Lindas Schulter und biegt sich zu ihr hinunter: „Geht das in Ordnung für dich? Lou wartet unten, ebenso Tom, der wird euch die neugierigen Reporter vom Hals halten."

„Uhhhh, wie aufregend, darf ich die mir denn auch persönlich vom Hals halten?" Frohnatur Susie gibt Linda einen leichten Seitenhieb mit dem Ellbogen und zwinkert dem augenverdrehenden Frank schelmisch zu.

„Mach, was du nicht lassen kannst, aber nimm keinen von denen mit zu mir nach Hause!" Er weist ihnen den Weg in Richtung Tür, als Linda sich ihm zuwendet: „Bitte entschuldige mein Verhalten bei Claudia. Was meinst du, können sie uns morgen besuchen? Ich denke, ich könnte mich morgen über ein Wiedersehen freuen, eine Nacht, ich brauche nur eine Nacht, für Träume mit Mirjam..." Sie drückt eine weitere Träne weg, hängt sich bei Susie zum Gehen ein und versucht ein Lächeln zu zeigen: „Na dann los, Miss Manders, auf ins Paparazzi Festmahl!"

Kaum ist die Tür hinter den beiden Frauen wieder zu, winkt Agent Mayer Frank und seinen Kollegen aufgeregt mit der Hand zu sich. In seiner anderen Hand hält er einen Telefonhörer und nickt euphorisch: „Und Sie sind sich ganz sicher, Sir, dass es sich um die Frau auf dem Bild handelt? Keine Einwände? Sie sieht genauso aus? Ok, ok, sehr gut, Sie bleiben bitte, wo Sie sind! Gehen Sie ihr nicht nach! ... Ja, das ist mir schon klar und diese Möglichkeit besteht, aber es ist bereits ein Team zu Ihnen unterwegs, während wir hier telefonieren. Sie dürfen ihr nicht auffallen, sie darf sich keinesfalls beobachtet fühlen... Auch das Sir, ist mir durchaus bewusst... Nein, bitte, nicht, bleiben Sie, wo Sie sind, versuchen Sie sich unauffällig... Sir?... Sir?... Hallo??? Verdammter Heldenspieler! Ich hoffe, der vermasselt uns das jetzt nicht!"

Kapitel 8

Etwas angespannt und mit wild schlagendem Herzen, geht Rosalía in gespielter Coolness neben ihrem neuen Praktikanten den sterilen Flur entlang zum Aufenthaltsraum der Patienten. Ausgerechnet ein Praktikant, der ihr so gut gefällt! Warum nicht ein schlacksiger Typ mit Mittelscheitel, dicker Hornglasbrille, Karieszähnen und Akne vernarbtem Gesicht? Kaum den Gedanken fertig gedacht, hört Rosa auch schon die sanfte Stimme ihrer Mutter: „Meine Taube, richte keinen Menschen nach seinen äusseren Attributen. In jedem Körper, mag er noch so durch Schicksalsschläge, mangelnde Entwicklung oder Geburt nicht einem oder deinem Idealbild entsprechen, kann eine wunderbare Seele und ein liebevolles Herz stecken. Zwei Tugenden, welche in unserem Leben weitaus wichtiger sind, als Äusserlichkeiten." Natürlich macht sich eine Woge schlechten Gewissens in Rosalías Magengegend breit und sie nennt sich innerlich eine Närrin, solche Gedanken zu haben.

„Señorita? Rosalía?" Eine tiefe, weiche Männerstimme reisst sie aus ihrem Gedankenkampf und sie bemerkt, dass eine Hand sie sanft an der Schulter berührt. Sie sieht in die grünen Traumaugen des Praktikanten und schüttelt kaum merklich ihren Kopf: „Das geht doch so nicht! Wann und wo soll ich meine Selbstgespräche führen, wenn Sie mein Schatten sind? Da werde ich ja verrückt und führe die Gespräche stumm, was dazu führt, dass ich für unzurechnungsfähig erklärt werde!" Zu ihrer Überraschung und totaler Verblüffung, zwinkert ihr Grünauge zu, nähert sein makelloses Gesicht dem ihren und zitiert mit ruhiger Stimme: „Wo zwei wandeln zugleich, da bemerket der eine und der andere...! Homer, einst Dichter des Abendlandes."

Rosalías tiefes Seufzen ist die einzige Reaktion, die sie auf eine solche Antwort zu geben weiss. Natürlich muss er auch noch belesen, weltoffen und zitierfähig sein! Sie gibt auf, sie ergibt sich ihrem Schicksal und denkt sich, dass es am Mittag eine intensive Trainingseinheit geben wird.

„Treiben Sie Sport? Nein, Moment, stopp, natürlich machen Sie das OFFENSICHTLICH, somit falsche Frage: welche Sportarten betreiben Sie?" Rosalía spitzt ihre Lippen, zieht ihre dunklen Augen zu ketzerischen Schlitzen zusammen und wartet gespannt auf seine Antwort. Ihr Praktikant steckt beide Hände in seine weissen Kitteltaschen, zieht fragend eine Augenbraue in die Höhe und antwortet belustigt: „Ich bin für alles zu haben!" Er prustet los und räuspert sich sogleich mit einer Hand vor dem Mund: „I'm sorry, das ist mir rausgerutscht! Ohhh, das auch, ich meinte: Ich bin für jegliche Sportart zu begeistern. Ich bin da nicht so festgefahren. Hauptsache, ich kann diesen Apparat fit halten. Man kriegt im Leben ja schliesslich nur einen Körper, nicht wahr?" Neugierig blickt er auf die kleine Mexikanerin hinunter und stützt sich an den Türrahmen.

„Könnten Sie bitte, bitte aufhören DAMIT!" Sie zeigt mit ihrer Hand wild in der Luft fuchtelnd auf seinen aufgestützten Arm und dreht sich zum Gehen um: „Also, für alles zu begeistern! Na toll, dann begegne ich ihm sicher noch in der Sporthalle!" Sie wirft abschätzig eine Hand über ihren Kopf und geht durch die Tür.

„Sie wissen schon, dass ich Sie hören kann?"

„No me importa!", zischt sie leise durch ihre rosafarbenen Lippen und schmunzelt vor sich hin.

„Na dann ist ja alles gut! Ich bin nämlich gespannt, wie eine Schweizer Armbrust, wie diese Sporthalle aussieht und was Sie darin so treiben!"

Rosalía bleibt ruckartig stehen, dreht sich zu ihrem Adonis Praktikanten um, fokussiert seine noch immer himmlisch grünen Augen und fragt verdutzt: „Schweizer Armbrust?"

Kapitel 9

Bonnie, die gute Seele des Hauses Conley, bringt Tee, einen Teller mit frischem Gebäck, eine volle Fruchtschale und eine Karaffe mit Wasser, Zitronenschnitzen und Pfefferminzblättern aus dem Garten. Susie blinzelt sie über ihre Sonnenbrille an und schüttelt ihren Kopf: „Sagen Sie Bonnie, wie kommt es, dass Sie so perfekt sind? Alles riecht immer gut, sieht makellos aus und Sie selber, ja, Sie selber sehen auch stets aus, wie auf einem Filmset!" Die angesprochene Haushälterin schmunzelt verlegen und deckt mit gezielten Handbewegungen den Tisch in der luxuriösen Gartenlounge.

„Lassen Sie Bonnie, ich mach das schon!" Linda erhebt sich aus einer gemütlichen, mit Kissen bedeckten Ecke und nimmt der rothaarigen Frau die Servietten aus der Hand.

„Linda, Sie wissen, dass Frank das nicht gerne sieht. Sie sollten sich noch etwas erholen."

„Ja, ja, ich weiss. Aber ich brauche mich nicht mehr zu erholen, ich erhole mich sonst noch in die falsche Richtung! Mir geht es prächtig und ich brauche etwas Sinnvolles zu tun. Und wenn es nur, den Tisch decken, mein Bett selber machen und meine Kleider, die ja nicht einmal von mir selber gekauft sind, selber waschen und bügeln ist. Sie MÜSSEN mich doch verstehen, Bonnie, sonst würden Sie das nicht jeden Tag machen für Frank, nicht wahr?" Sie faltet die Servietten geschickt und legt sie elegant auf den Tisch. „Sehen Sie, ich kann das nämlich ganz prima!"

„Das bezweifelt auch niemand, aber hey Bonnie, wenn die Schweizerin hier das nicht will, ICH lasse mich so unglaublich gerne von Ihnen verwöhnen! Sagen Sie, bezahlt er Sie gut, der Conley Bursche? Sagen wir mal, ich könnte noch etwas mehr für Sie herausholen, würden Sie dann so zwischendurch bei mir vorbeischauen?" Susies herzhaftes Grunzen und ihr verschmitzter Gesichtsausdruck lassen alle drei Frauen laut lachen.

„Na, was geht hier denn für eine Party ab, zu der ich nicht eingeladen wurde?" Franks Sohn Kenneth kommt legere in kurzen Hosen und T-Shirt aus dem Haus und geht direkt auf die schallende Frauengruppe zu. Er umarmt Bonnie, küsst sie auf die Wange und streckt Susie seine Hand zum Gruss hin.

„Bürschchen, wenn SIE geknutscht wird, will DIE hier auch!" Susie will sich aus dem tiefen Sofa erheben, was ihre Leibesfülle etwas erschwert, und winkt dann leicht enttäuscht ab: „Na, dann eben ein andermal. Meine Muskeln wollen gerade nicht aufstehen, du verstehst!" Sie nimmt seine nun zum Aufstehen dargebotene Hand und schüttelt sie als Gruss.

„Das würde mir Vater niemals verzeihen, einer Frau den Wunsch abzuschlagen." Der junge Gentleman geht vor der beliebt und beleibten Empfangsdame auf die Knie und drückt sie herzhaft an sich: „Guten Tag, Susan!" Röte steigt ihr ins Gesicht. Sie erwidert die Umarmung und gibt ihm zwei leichte Handschläge auf die Schultern: „Was für ein Prachtjunge! Wenn nur meine zwei Tollpatsche etwas von dieser Eleganz hätten..."

Nach dieser rührenden Begrüssung, welche von beiden Seiten genossen wurde, setzt sich Ken neben Linda, umarmt sie seitlich mit einem Arm und küsst sie ebenfalls auf die Wange: „Grüss dich Linda. Erzähl, wie lief es heute? Ihr scheint ja alle kein Mobilfunknetz gehabt zu haben auf der Wache, NIEMAND hat mich informiert! Ich musste von Tom erfahren, dass Ihr auf dem Heimweg seid. Also los, was gibts Neues?" Er greift nach einem von Bonnie angebotenen Glas Wasser, nippt daran und sieht abwechselnd von Linda zu Susie.

***

„Ich verstehe, das muss ein Schock gewesen sein. Ich ärgere mich, dass ich nicht da sein konnte. Nur diese Lesungen kann ich nicht mehr so kurzfristig abtauschen, sonst bin ich meinen Job an der Uni los..." Linda legt verständnisvoll ihre Hand auf seine und schüttelt kaum merklich den Kopf: „Das würde ich auch nicht mehr akzeptieren, Ken. Ihr beide, Frank und du, habt schon viel zu viel Zeit in mich investiert, in mein Chaos! Mir geht es wieder gut und ich kann jetzt selber weiter schauen. Wie ich mich jemals für alles revanchieren werde, kann ich noch nicht sagen. Aber ich werde das ganz bestimmt, auf meine Art und Weise tun, wie es mir möglich ist."

Bevor sie weiter sprechen kann, gibt Susie einen lauten Zisch von sich, verdreht ihre vom Leben gezeichneten Augen und zeigt mit dem Daumen in Richtung Linda, während sie Ken ansieht: „Hört sich einer diese kleine, schlaue Professorin an! Lernt man bei Euch in der kleinen, mit Schokolade überfüllten Käseschweiz eigentlich auch, was wahre Freundschaft bedeutet?" Sie klopft sich auf ihr Bein und ruft in Richtung Haus: „Schottische Schönheit! Wir brauchen hier etwas Härteres!" Sie erhebt sich schwerfällig aus den Kissen, schimpft leise vor sich hin 'selber weiterschauen... tsss... revanchieren... tsss...' und öffnet die Verandatür zum Haus.

„Ja wer sagts denn! Hallo der Herr des Hauses! Wann haben Sie sich denn herangeschlichen? Du wirst nicht glauben, was deine Schweizerschokoladentorte da draussen eben von sich gegeben hat..." Frank lässt Susie ihren Satz nicht zu Ende sprechen, sondern packt sie mit beiden Händen an den Schultern fest: „Wir haben sie! Susie! Wir haben sie!" Er greift nach ihren vollen Hüften und schwingt sie einmal um sich! Ihr lautes Kreischen zieht Linda und Ken an und erschrocken treten sie in das grosszügige Wohnzimmer. Nebst offenen Mündern und grossen, ratlosen Augen stehen sie mit herabhängenden Armen da und sehen verdutzt dem Schauspiel zu.

Als Frank die vom Wirbeln nun auf den Beinen wackelnde Susie etwas verloren im Raum stehen lässt, geht er schnell auf Linda zu, welche sogleich abwehrt: „Nein danke, kein Karussell für mich!" Doch Frank strahlt sie an und wiederholt seine Worte, die er eben an Susie gerichtet hat: „Wir haben sie!"

Kapitel 10

„Uuuuuund noch 5... 4... 3... kommt schon Señoritas, ihr schafft das! Denkt an eure Bikinifigur!... uuuund geich nochmals zu...1! Muy bien, chicas! Hasta luego in der nächsten Stunde! Ich hoffe, eure trainierten Hintern morgen wieder zu sehen!" Die ebenfalls verschwitzte Fitnesstrainerin greift nach ihrem Handtuch und einer Wasserflasche auf der Fensterbank und geht auf die am Boden liegende Rosalía zu. Sie legt sich neben sie auf ihr Handtuch, zieht ihr Headset aus und sieht tief atmend zur Decke: „Drecksloch! Sieh dir diese Spinnweben an dieser verfaulten Decke an!" Sie dreht ihren Kopf zur noch immer nach Luft ringenden Teilnehmerin ihrer Lektion, kickt sie mit ihrem Bein an und schmunzelt: „Raus mit der Sprache! Was hast du in meiner Stunde verloren? Entweder sind alle Kletterwände besetzt oder du versteckst dich! Lass mich raten... ein Typ!?" Ruckartig stützt sich die Wundernase auf eine Hand und fokussiert Rosalía nun neugierig! Sie beisst sich auf die Unterlippe, zieht eine Augenbraue hoch und gibt einen schnurrenden Ton von sich.

„Hör auf damit, du Bestie! Sag mal, bist du denn von allen guten Geistern verlassen, eine solche Mörderstunde abzuziehen, wenn ich im Raum stehe? Ich kann mich nicht mehr bewegen und muss noch arbeiten!"

„Aiaiaiai, caramba, Zickenalarm! Das kenne ich ja gar nicht von dir! SOOOO heiss ist er? Wo ist er denn, zeig ihn mir!" Die durchtrainierte Sportskanone steht bereits an der kleinen Glasscheibe, durch welche sie in den nebenanliegenden Kraftraum sehen kann.

„Hör auf damit!" Rosalía setzt sich in den Schneidersitz und trinkt aus ihrer Wasserflasche. „Es ist mir so schon unangenehm genug! Du wirst es nicht glauben, aber ausgerechnet MIR wurde der wohl heisseste Praktikant, der je bei uns war, zugeteilt und ICH muss ihn BESONDERS aufmerksam ausbilden und beobachten... Auftrag vom Director persönlich!" Sie strafft ihren Rücken kerzengerade und hält sich die Hand an die Stirn, als wäre sie ein Soldat, der pflichtbewusst salutiert.

***

„Wie cool ist das denn? Du wolltest doch weg von hier und hey, die Schweiz ist doch wohl das luxuriöseste, was dir passieren konnte! Das sind doch die mit den teuren Uhren und den eleganten Skiorten... Schnee!!! Rosa stell dir vor! Du im Pelzmantel fährst in der Kutsche durch eine romantische Schneelandschaft und dein Praktikant neben dir...! Moment mal... Praktikant hast du gesagt? Wie alt ist denn eigentlich dein Wunderknabe??" Juanita wickelt ihr Handtuch um den frischgeduschten Körper und sieht Rosalía durch ihre nassen Haaren an. „Du wirst dich doch nicht an Minderjährigen...."

„Juanita, bitte! Was erzählst du denn da für dummes Zeugs! Du hast zuviel Fantasie oder schaust zuviele amerikanische Filme! Also wirklich! Ich gehe noch lange nirgendwo hin und schon gar nicht mit meinem Praktikanten. Und der ist übrigens schon lange aus der Pubertät, das ist doch nicht seine Erstausbildung... eben nicht! Das ist es ja!" Rosalía cremt sich mit geübten Handbewegungen in rasantem Tempo von den Füssen bis zum Hals ein und zieht sich ebenso schnell an. Bewundernd sieht ihr Juanita dabei zu, während sie noch damit beschäftigt ist, ihr erstes Bein einzucremen. „Sag mal, du Wahnsinnige, bist du auf der Flucht?" Rosa setzt sich auf die Bank, schlüpft in ihre goldenen Sandalen, wickelt ihre Haare aus dem Tuch und kämmt diese in Gedanken versunken mit starrem Blick langsam durch. „Hmm... nein... ICH bin nicht auf der Flucht..."

Kapitel 11

„Aber ich verstehe nicht. Müssen wir nicht auf die Polizeiwache?" Verwirrt blickt Linda aus dem Hubschrauber, welcher Mike gekonnt in Richtung Flughafen von New York fliegen lässt. Frank schüttelt den Kopf und spricht ins mundnahe Headset: „Sie sind noch am Flughafen. Cooper ist bereits im Verhör und will keine Zeit verlieren."

„SIE sind NOCH am Flughafen? Wer sind SIE? Und wohin wollen sie?" Linda klammert sich an Franks Unterarm fest, welcher sie verständnisvoll ansieht, jedoch die Schultern hochzieht. „Ich weiss nicht mehr, als ich euch eben berichtet habe, Linda. Wir werden es gleich herausfinden, ok? Dauert nicht mehr lange, schau, dort ist schon der Landeplatz!" Er zeigt mit einem Finger in Flugrichtung und tätschelt Lindas Hand auf seinem Unterarm. Sie sieht ebenfalls zum Landeplatz, beisst sich auf die Unterlippe und schliesst ihre Augen. Sie atmet tief durch und flüstert ins Mikrophon: „Hoffentlich isch de Alptraum ändlich fertig! Ich mag nüme..."

„Wie bitte? Was hast du gesagt?" Frank sieht sie fragend an, bemerkt jedoch, dass diese Worte eben weder Englisch, noch an ihn oder Mike gerichtet waren und lässt die Frage in der Luft stehen.

***

Rasch steigen die zwei Passagiere aus dem hinteren Teil des Privathelikopters und gehen mit schnellen Schritten zur Tür, welche ins Gebäude führt. Frank winkt Mike zu und zeigt eine Handbewegung, welche international verstanden wird 'Ich rufe dich an'. Mike salutiert lässig und steigt mit seinem Arbeitsplatz in die Höhe und kehrt wieder zurück in Richtung Hamptons.

Frank öffnet Linda die grosse Stahltür zum Eintreten und huscht direkt nach ihr ebenfalls ins Gebäude. Sie werden bereits von Tom erwartet und Frank denkt sich nicht zum ersten Mal, dass er mit Garantie den besten Manager des gesamten Universums gefunden hat! Die beiden Männer begrüssen sich herzlich mit einem eng an den Schultern gefassten Handschlag und Tom reicht Linda höflich die Hand zum Gruss. Sie drückt diese kurz aber bestimmt und sieht sich aufgeregt in der Halle um. Tom ist sich bewusst, wie eilig sie es hat, und weist ohne Worte die Richtung. Während die drei in Begleitung von zwei Flughafenpolizisten mit schnellen Schritten einen Korridor entlang gehen, um schon bald in ein Flughafen Labyrinth zu gelangen, berichtet Tom, was er in Erfahrung gebracht hat:

„Also, diese Leslie Smith wurde von einem Reisenden wiedererkannt. Der hat zufälligerweise die News auf seinem Laptop gesehen...."

„Tom, ist Mirjam wohlauf? Hast du sie gesehen?" Linda unterbricht den Erzähler und sieht ihn hilfesuchend an. Etwas verwirrt sieht dieser zuerst zu Frank, dann wieder zu Linda und beantwortet ihre Frage: „Nein, ich habe sie nicht gesehen... und um ehrlich zu sein, weiss ich nicht, ob sie..."

„Miss Steiner, Mister Conley! Darf ich Sie bitten, mir zu folgen." FBI Agent Mayer reicht erst Linda, dann Frank die Hand und weist ihnen den Durchgang in einen Raum mit Tisch und Stühlen. Er will gerade die Tür vor Tom schliessen, als Frank intervenierend die Hand hebt und bemerkt: „Bitte Tom, ich möchte dich dabei haben." Der angesprochene Manager rafft sein Jackett und tritt nickend ebenfalls ins Zimmer. Er stellt sich gleich neben die Tür an die Wand, als Frank ihn zu sich winkt und sagt: „Es ist wichtig, dass du alles genau mitkriegst. Die Presse wird uns zerfleischen und du darfst dann Stellung halten. Verstehst du?" An Franks bestimmten Tonfall erkennt Tom, dass er nicht nur sehr angespannt, sondern ebenso zutiefst betroffen ist und der Sache ein gewinnendes Ende bringen möchte.

„Ich verstehe Frank, mach dir keinen Kopf, ich übernehme. Selbstverständlich, du kannst dich auf mich verlassen!"

Lindas Nerven drohen nun zu reissen und sie steht direkt vor das Gesicht des kleinen Agenten Mayer: „WO SIND SIE??"

Kapitel 12

„Sie sind zu spät!" Rosalía tippt mit einem Zeigefinger auf die imaginäre Uhr an ihrem rechten Handgelenk und blickt in das Gesicht direkt vor ihr. „Ich kann mir nicht vorstellen, dass Sie im Krankenhaus Stau stehen mussten. Oder welche Ausrede wollen Sie mir heute auftischen, Señor?" Sie greift bestimmt nach der Rollstuhlbremse und fixiert diese ruckartig!

„Na? Rosa wartet nicht gerne!" Sie stupst den sitzenden Patienten an und schmunzelt entzückt.

„Ich, ich... bin dem falschen Licht gefolgt. Genau, ich habe das Rote gesucht und fand nur das Gelbe!"

„Ha! Erwischt! Sie sehen noch keine Lichter! Ich habe Ihre Akte schon bekommen und gründlich gelesen, mein Herr! Mich können Sie nicht mehr an der Nase rumführen! No, no! Ich bin die Schlaue hier in diesem Laden, comprendes?"

„Sí, yo comprendo muy bien!"

„Ja hör sich einer das an!!! Sie werden ja immer besser! Gleich wollen wir mal sehen, ob das mit den Beinen denn genauso aussieht, wie mit Ihrer Aussprache! Haben Sie denn auch diesen Teil fleissig trainiert?" Sie packt mit einer gekonnten Leichtigkeit den Oberkörper ihres Patienten und hilft ihm auf die danebenstehende Liege. „Nein, dafür habe ich ja Sie!" Der nun liegende Patient lacht und versucht, sich mit beiden Armen etwas zurechtzurücken. „Ich sehe schon, alles muss Frau selber machen!" Rosa nimmt sein linkes Fussgelenk in die Hand, legt das Knie in die andere und hebt langsam das Bein zu einem Winkel an.

***

„Das haben Sie ganz toll gemacht heute! Muy bien, wirklich. Das bringen wir hin, richtig?" Rosalía klopft ihrem Patienten freudig auf die Schultern und sieht in sein Gesicht, welches zur Hälfte mit Bandagen umwickelt ist.

„Dios mio, wenn wir nur wüssten, wie das passieren konnte! Zumindest wissen wir eins: Sie haben grossartige Schutzengel!"

„An so was glaube ich nicht mehr... das war einmal..." Mit trauriger Stimme hält er seine Arme in die Luft: „Kriege ich eine Umarmung?" Kichernd geht Rosalía um die Liege und beugt sich über ihn: „Wenn Sie mich so lieb darum bitten!" Kräftig packt sie dem grossen Mann wieder unter die Arme und manövriert ihn auf den bereit stehenden Rollstuhl.

„Also ich muss schon zugeben, mich hat noch keine Frau so angepackt. Das muss man Ihnen lassen, Sie sind gut in Ihrem Beruf! Und wenn ich es richtig errate, sind Sie weder gross noch kräftig gebaut, stimmts?" Er kratzt mit einem Finger unter die Augenbinde und hält sein Gesicht in die Richtung der angesprochenen Physiotherapeutin.

„Sie sehen vielleicht ja doch schon etwas, Sie Betrüger!" Langsam geht sie auf ihn zu und nähert ihr Gesicht dem Seinigen. „Leider nein, aber ich weiss, dass Sie jetzt sehr nahe sind, in der Mittagspause Sport gemacht und vor meinem Besuch einen Karottensaft getrunken haben!" Er grinst sein bestimmt breitestes Grinsen und faltet seine Hände wie zum Gebet im Schoss. Langsam zieht sich die verlegene Ertappte von ihm zurück und haucht in ihre hohl gehaltene Hand vor dem Mund: „Unangenehm?"

„Nein gar nicht! Ich liebe Karottensaft, nur kriegt man als Patient hier solche Leckereien nicht."

Rosa steckt ihre Hände in die Hosentaschen, steht breitbeinig da und verzieht ihr Gesicht zu einem grossen Fragezeichen: „Woher wissen Sie das mit dem Sport und dass ich klein, respektive nicht gross bin?"

„Zum Ersten, weil sie frisch geduscht und eingecremt riechen und zum Zweiten, weil ich selber viel Anatomie erlernt habe, wie Sie wissen. Daher würde ich Sie aufgrund Ihrer Schulter-, Arm- und Handgrössen so einschätzen. Auch Ihre Stimme passt zu einer kleineren, zierlichen Person mit viel Energie und Kraft!" Rosalías Mund öffnet sich langsam und sie ist froh, dass er im Moment ihre Röte im Gesicht nicht sehen kann.

***

„Bis morgen dann, Bob! Hat mich wie immer sehr gefreut! Und fleissig trainieren, nicht nur Spanisch lernen, ok?"

„Versprochen Rosa! Gibts dann auch mal eine Rückenmassage?" Lachend dreht sich der

Patient mit seinem Rollstuhl um und fährt langsam dicht an der Wand den Flur entlang weg von der Physiotherapie. Rosalía steht noch in der Tür und lächelt ebenfalls. Sie liebt diesen Beruf! Was gibt es Schöneres, als Menschen helfen zu können, nach solchen Schicksalsschlägen. Und besonders in der psychiatrischen Klinik gibt es so spannende Patienten wie nirgends sonst wo.

„Bob, Bob, Bob... was für eine interessante Persönlichkeit du bist... warst... Operationsassistent aus New York... glaubst du, zumindest...."

Kapitel 13

Frank Conley, nicht nur ein grossartiger und erfahrener Schauspieler, sondern auch ein Mann mit Stil und Manieren, setzt sich direkt gegenüber einer sehr dünnen, blassen und am ganzen Körper zitternden Leslie Smith. Er sieht der in Gewahrsam Genommenen ruhig in die Augen und lächelt sie freundlich an: „Schön, Sie wieder zu sehen, Leslie!

Um ehrlich zu sein, SEHR schön, Sie wiederzusehen!" Er betont seine Silben gekonnt und faltet seine Hände auf dem Tisch zwischen ihnen. Die Angesprochene sieht ihn nicht an, sondern blickt auf ihre ebenfalls gefalteten Hände in ihrem Schoss. Ihre blonden, feinen Haare fallen in ihr blasses Gesicht und auf die zitternden Schultern. Frank hört ihr lautes und trockenes Schlucken und sieht zur Überwachungskamera an der Decke: „Können wir bitte etwas zu trinken haben?" Zu Leslie gerichtet fragt er zuvorkommend: „Was hätten Sie gerne? Kaffee? Tee? Lieber Wasser oder etwas mit Zucker? Eine Cola?" Er senkt seinen Kopf, um einen Blick auf ihr Gesicht zu werfen, was ihm zwar gelingt, jedoch keine Mimik darin zu erkennen ist. Sein nächster Blick schenkt er wieder dem Gestell an der Decke und begleitet ihn mit den Worten: „Wir hätten gerne von allem etwas, wenn das möglich ist, bitte. Vielen Dank!"

***

„Verflucht! Spinnt der? Was ist das hier? Ein scheiss Luxushotel oder was? Der soll die Alte endlich ausquetschen und ihr nicht in den dürren Verbrecherarsch kriechen! Schon schlimm genug, dass der überhaupt alleine mit ihr sprechen darf!" Der junge, zum Getränke holen aufgeforderte Flughafenpolizist geht grimmig aus dem Nebenraum und lässt die Tür hinter sich laut ins Schloss fallen.

Der beobachtende Blick von Agent Mayer weicht nicht vom Bildschirm, nur seine Hand weist in Richtung der eben wieder verschlossenen Tür: „Lasst diesen kleinen Wichtigtuer lieber Fluglotsen spielen auf der Landebahn. Hier drin hat er nichts mehr verloren." Und zu Linda gewandt, welche ruhig, aber mit fixierendem Blick den Monitor vor ihnen anstarrt, sagt er: „Tut mir leid, Flughafenpolizei ist nicht immer die sensibelste. Frank macht das grossartig da drin. Alles wie abgesprochen. Ich bin mir sicher, er wird diese harte Nuss knacken können! Wer kann denn schon Frank Conley widerstehen..." Dass sein letzter Satz nicht besonders angebracht war in diesem Moment, wurde ihm sogleich bewusst. Er faltet die

Hände vor seinem Mund und beobachtet weiter den Actionheld im Zimmer nebenan via den Bildschirm vor ihnen auf dem Tisch.

***

Frank erhebt sich vom Stuhl und nimmt diesen mit, während er um den Tisch geht. Er platziert seine Sitzgelegenheit leicht versetzt neben die Blondine, welche noch immer keinen Wank macht. Der Actionheld nimmt wieder Platz und stützt seine Unterarme auf seinen Beinen ab, so dass sein Gesicht tiefer liegt als Leslies. Er blickt zu Boden und sagt in sanfter Stimme: „Ich weiss genau, wie Sie sich jetzt fühlen, Leslie. Aus tiefstem Herzen kann ich ehrlich mit Ihnen mitfühlen und es tut mir so unbeschreiblich leid!" Diese Worte überraschen nicht nur alle im Nebenzimmer, auch Leslie hebt langsam ihren Kopf und sieht traurig, mit aufgequollenen Augen in Franks Ruhe schenkendes Gesicht.

„Was hat er gesagt? Er könne mit ihr mitfühlen? Das ist ja mal was Neues!" Niemand hat das Eintreten vom kleinen Wichtigtuer bemerkt, der mit einem gefüllten Tablar noch in der offenen Tür steht. Rasch geht ihm Agent Cooper entgegen, nimmt ihm die Getränke aus der Hand und weist ihn mit einer bestimmten Kopfbewegung aus dem Raum. „Was... aber wieso..." Der verwirrte Getränkebringer geht rückwärts in den Flur und blickt verdattert auf die Tür, die sich direkt vor seiner Nase schliesst.

„Darf ich die Getränke reinbringen, bitte?" Linda steht nun vor Cooper und hält beide Hände zur Übernahme des Tabletts in die Luft: „Ich habe mich beruhigt, ganz ehrlich. Ich schreie sie nicht mehr an..." Cooper richtet seinen fragenden Blick zu Mayer, welcher energisch seinen Kopf schüttelt: „Auf keinen Fall! Er ist kurz davor, seht doch! Schttt... er flüstert ihr etwas zu! Mach lauter!" Unsanft stupst er den IT Spezialisten vor dem Monitor an und hält seine Ohren näher an die Lautsprecher.

„Er hat auch schon verloren? Gestohlen? Was hat er gesagt? Verdammt nochmal!"

Kapitel 14

Freudig hüpft Rosalía die Treppen hoch in Richtung Garderobe. Das war ein aufregender und toller Tag! Die Mörderstunde von Juanita am Mittag hat soviel Adrenalin in ihrem Körper freigesetzt, dass jede einzelne Zelle für ein paar Stunden aktiviert wurde. Und genau dieses unverwechselbar grossartige Gefühl kann man mit nichts anderem ersetzen. Nicht einmal das Gefühl von erster Verliebtheit könnte das!

„Also, das bilden wir uns jetzt mal so ein, richtig Rosa? Sport, Bewegung, gesunde und ausgewogene Ernährung, einen Job, der dich erfüllt, tolle Freunde und die Familie... wer braucht da schon Schmetterlinge im Bauch?"

„Oh, ich finde dieses kribbelnde Gefühl in der Magengegend unersetzbar!" Rosalía springt die letzte

Stufe, wie von einer Tarantel gestochen hoch, und krallt sich am Treppengeländer fest. Sie blickt die Stufen hinunter, von wo diese Aussage aus dem Jenseits an ihr Ohr gelangte. Ihr Herz klopft noch immer laut und ihre Pulsschlagader pocht sichtbar! „SANTO MIERDA!!!! Jetzt reichts!!! Wer zur Maya Pyramide sind Sie? Sie, Sie... Sie sind ein Sadist! Jawohl, genau das sind Sie! Sie, Sie wollen, dass ich hier in eine Zelle gesperrt und mit Gurten ans Bett festgebunden werde! Sie wollen mich in einer Zwangsjacke sehen!" Rosalías Ausbruch hallt im gesamten Treppenhaus laut und beängstigend wider. Das schelmische Lächeln ihres Praktikanten weicht langsam, wie auch seine noch soeben gesunde Gesichtsfarbe, aus seinem attraktiven Gesicht.

***

Noch immer sitzen sie sich schweigend gegenüber, als eine kleine Frau mit einem fest an sich gebundenem Baby und einem Strauss roter Rosen neben ihnen stehen bleibt. Sie hält den Rosenbund direkt vor Rosalías Gesicht und blickt fragend in die grünen Augen des Praktikanten. „Ich würde Ihnen sehr gerne eine Rose als erneute Entschuldigung kaufen, da ich mal davon ausgehe, dass Sie den ganzen Strauss nicht akzeptieren würden, richtig?" Beschämt und unbeholfen sieht er die schöne Mexikanerin fragend an. Diese hebt verdächtig eine ihrer natürlich geschwungenen Augenbrauen hoch und sieht die Blumenverkäuferin an: „Sag, wieviel kostet ein Pack Windeln für dein Baby?" Sehr bestimmt und klar bekommt sie auch sogleich die Antwort auf ihre zusammenhangslose Frage.

„Nun gut", richtet sie das Wort an ihren Rosenkavalier, „Ich mag zwar Rosen sehr, betrachte sie aber lieber in der Natur, als in einer Vase. Daher schlage ich vor, Sie geben dieser arbeitenden Mutter den soeben genannten Betrag für ein Pack Windeln und ich vergebe Ihnen dieses eine letzte Mal!" Sie hebt drohend den Zeigefinger in die Luft, direkt vor sein beobachtendes Gesicht, welches sich bei dieser Aussage aufzuhellen scheint.

„In Ordnung! Einverstanden! Aber weil mich das gerade sehr glücklich stimmt und ich weiss, wieviele Windeln ein Baby braucht, erhöhe ich den Betrag um eine weitere Packung!" Er greift in seine Hosentasche, nimmt einen Bund Geldnoten heraus, zählt vier Stück davon ab und gibt sie der Frau mit den Rosen und dem Baby. „Muchas gracias, Señora, Sie haben mich gerettet!"

Die Frau bedankt sich und zieht mit dem Geld, den Rosen und ihrem schlafenden Baby wieder ab in Richtung nächster Gäste im Garten des gemütlichen Cafés.

***

In ihrem kleinen, jedoch sehr gemütlichen Wohnzimmer, kuschelt sich Rosalía in ihr mit Kissen bestücktes Sofa. Kaum hat sie es sich lauschig gemacht, vernimmt sie das Vibrieren ihres Mobiltelefons. „Ich kann dich hören, weiss aber nicht mehr, wo du bist! Hasta luego! Rosa will jetzt lesen, dieses leckere Glas Wein geniessen und keinen Menschenkontakt haben! Also wer auch immer dich zum Vibrieren animiert, muss bis morgen auf mich warten. Wie herrlich! Keiner kann mich hier bei meinen Selbstgesprächen stören!" Trotz ihrer laut ausgesprochenen Worte, sieht sich Rosalía verdächtig im Raum um. „Nein, niemand da! Wäre ja noch schöner, wenn Mister Perfekt plötzlich aus dem Schlafzimmer kommt und mir wieder dazwischen quasselt und seinen Senf dazu gibt!" Noch einmal dreht sie ihren Kopf in Richtung Schlafzimmer-, dann Badezimmertür, schüttelt ihn ein wenig und verdreht ihre grossen, dunklen Augen: „Jetzt kriege ich noch Verfolgungswahn... Das passt doch perfekt zu meinen Selbstgesprächen! Bravo Rosa! Ganz grossartig machst du das!" Sie klopft sich auf den Oberschenkel und nippt an ihrem Glas Rotwein. Sie stellt es auf den Bücherstapel, der ihr als Beistelltisch dient und öffnet das Buch in ihrer Hand.

„Warum hast du nicht nachgefragt, wenn es dich so brennend interessiert? Also muss das Baby doch seins sein, wenn er weiss, was Windeln kosten... Aber wo ist es? Und wo ist seine Mama? Er trägt keinen Ring... Ach Rosa, du weisst, du hast einen klaren Auftrag bekommen und persönlich interessiert es dich ja auch... Morgen! Morgen bist du an der Reihe mit Fragen stellen, Schluss mit Gequatsche über Trainingspläne und Ernährung und Hörgeräte! Morgen geht es dem Schönling an die Nieren... Oder an den Zahn?... oder Zahnfleisch? Ich sollte besser korrekte Redewendungen lesen und lernen, anstelle dieser Kitschromane... Aber nicht heute... Heute reisen wir in die schottischen Highlands und lassen uns verzaubern... wir... Schizophrenie listen wir auch gleich auf!"

Sie zeichnet ein imaginäres Häkchen in die Luft und vertieft sich in ihre schottische Highland Saga.

Kapitel 15

„Sie weiss es ehrlich nicht..." Frank stützt beide Hände in seine Hüften und geht im Flur auf und ab. Er fährt sich durchs dichte, leicht grau melierte Haar und sieht seinen Sohn enttäuscht an: „Als ich sie endlich zum Reden gebracht habe, dachte ich, jetzt, JETZT! Wir haben sie! Bald kann Linda ihre Tochter in den Armen halten und ihren Mann zur Rechenschaft ziehen... und dann, dieser verdammte Fluchtplan von diesem SIMON!" Er betont den Namen mit einer Mischung aus Boshaftigkeit und Ekel. „Was für ein krankes Stück Scheisse! Und dieser Roberto! Was ist das für ein Waschlappen, sag mal! Ein Muttersöhnchen, typisch italienische Erziehung!" Kaum hat er seinen Satz zu Ende gesprochen, räuspert sich Ken und nickt mit seinem Kopf in die Flurrichtung hinter dem ausgebrochenen Vulkan Frank. Dieser dreht sich verwundert um und blickt in die traurigen Augen von Linda, welche zu einem Zeitpunkt seines energischen Plädoyers, dazugekommen sein muss.

„Linda, es tut mir leid, wirklich! Aber ich kann mir nicht helfen bei dem Gedanken, dass er sich mitreissen... nein, ÜBERZEUGEN liess... ", er geht mit wilder Gestik auf Linda zu und will sie an den Schultern halten. Sie weicht einen Schritt zurück und sieht ihn enttäuscht an: „Ich will und kann das auch nicht glauben! So ist Roberto nicht... Da muss noch mehr dahinter stecken... Ich habe seine Augen gesehen... Ich habe ihm in die Augen geblickt, als Simon...", ihre Augen füllen sich mit Tränen, die sie sogleich mit dem Arm wegwischt und sich auf die Lippen beisst.

***

„Bitte, nennen Sie mich Linda! Jasmin gibt es nicht mehr, dafür haben Sie ja auch mitgesorgt, Leslie!" Linda sitzt der erstarrten Blondine gegenüber und sieht ihr mit entschlossenem Blick direkt in die tief versunkenen Augen.

„Ich werde Sie gleich Ihrem Schicksal überlassen. Ich will nur zwei Dinge von Ihnen erfahren und bitte Sie, mir ehrlich Antwort zu geben. Ich glaube, das habe ich verdient... Oder besser gesagt: Sie schulden mir das!" Sie massiert ihre rechte Hand so fest, dass sie rot wird. Leslie bemerkt diese kraftvolle Zurückhaltung und nickt beschämt. Linda blickt in die Kamera an der Decke, dann wieder zu Leslie: „Wann und wo haben Sie Roberto und Mirjam zum letzten Mal gesehen?"

Leslie, welche Lindas Blick ebenfalls zur Überwachungskamera gefolgt ist, blickt Jasmin Steiner, welche sich nun Linda nennt, direkt ins Gesicht. Sie spitzt ihre Lippen, als müsste sie sich ihre Antwort erst gut überlegen, senkt dann ihren Blick auf ihre Hände im Schoss und murmelt etwas unverständlich vor sich hin.

„Wie bitte? Können Sie mich bitte ansehen oder zumindest lauter sprechen?" Lindas Tonfall ist nicht mehr ruhig und konzentriert, sondern aufgebracht und nervös. Als sie dies selber bemerkt, blickt sie erneut in die Kamera und wiederholt ihre Bitte an Leslie eine Nuance gelassener. Diese hebt ihren Kopf an, verweigert jedoch wieder den Blickkontakt und sagt etwas lauter: „Ich habe die Beiden nie zusammen gesehen."

Verwundert sehen sich die FBI Agenten, Frank, wie auch sein Sohn Kenneth gegenseitig an. Gespannt blicken sie wieder auf den Bildschirm vor ihnen und warten die kommenden Szenen im Raum neben an ab.

„Sie hat sich wieder im Griff, sie macht das grossartig! Nicht nachvollziehbar, durch welche emotionale Hölle diese Frau gehen muss gerade!" Mayer hält sich die Hand auf seine Wange und blickt auf Linda im Bildschirm. Franks tiefe Stimme erfüllt den gesamten dunklen Raum in sehr nachdenklichem Tonfall: „Sie lebt schon eine ganze Weile in dieser Hölle. Und leider nicht nur emotional..." Ken hält seinen Vater an der Schulter fest und drückt ermutigend zu: „Doch sie hat den besten Retter aller Zeiten!" Frank sieht in die vertrauten Augen: „Ich bin mir nicht mehr so sicher mein Junge, ob ich ihre Rettung oder ihr endgültiger Untergang bin..."

Kapitel 16

„Du schaffst das! Ein Auge nach dem Anderen... Komm schon, das kann doch nicht so schwer sein... Sprechen funktioniert ja auch schon..."

Rosalía tastet mit geschlossenen Augen nach dem Wecker, der heute aus weiter Ferne zu klingeln scheint. Mit einem Grunzen öffnet sie ein Auge und bemerkt, dass sie auf ihrer Couch eingenickt ist und ihre Highland Saga massakriert hat im Schlaf. Sie nimmt das Buch in die Hand und streichelt es sanft: „Tut mir leid, ich hätte dich warnen sollen, was für eine unruhige Schläferin ich bin... Wäre spannend zu wissen, ob ich im Schlaf auch quatsche? Hab ich was gesagt?" Sie grinst ihre Nachtlektüre an und legt sie behutsam auf den Bücherstapel neben dem leeren Glas Wein. „Dir hab ich das wohl zu verdanken, dass ich es nicht mal mehr ins Bett geschafft habe! Schlimmes Glas du! So und jetzt, alle meine Zuhörer, wollen wir mal schauen, ob es denn heute heisses Wasser gibt." Mit diesen Worten geht sie schlurfend in Richtung Badezimmer und schliesst gewohnheitshalber die Tür hinter sich.

„Caramba, feliz navidad! Schnell unter die Dusche bevor das Glück ein Ende hat!"

***

Freudig steht Rosa an der Bushaltestelle und kann es kaum fassen, welch grossartigen Tagesstart sie bis anhin hat. Zufrieden und gut gelaunt erwacht, eine heisse Dusche, Kaffee, etwas Resten Quinoa, sogar für etwas Make-up hats heute auch gereicht und jetzt steht sie pünktlich an der Bushaltestelle. Einfach herrlich, solche Tage! Heute kann nichts schief laufen, sie ist auf der Gewinnerseite. Sie greift in ihre Handtasche um nach ihrem Mobiltelefon zu fischen und erwischt etwas Hartes. Mit zusammen gekniffenen Augen zieht sie eine Art Röhrchen langsam aus der Tasche und sieht das unbekannte Objekt fragend an.

„Eine Zigarre? Seit wann rauche ich denn? Was machst du in meiner Handtasche?" Sie schaut um sich und fühlt sich unbeobachtet in ihrem Selbstgespräch. Sie dreht den Deckel der langen Dose auf und ist erneut überrascht. Langsam steckt sie ihren Finger in die Öffnung und zieht ihn, in Begleitung eines zusammen gerollten Papiers, wieder hinaus. Sie blickt um sich, als würde jemand auf ihre Reaktion über diese Überraschung warten. Niemand zu sehen, ausser dem Bus, der wacklig auf sie zufährt und vor ihr hält.

Die Tür öffnet sich und ein ihr unbekanntes Gesicht nickt ihr grüssend zu. „Wo ist Pedro?", fragt sie impulsiv und steckt das für einen Moment vergessene Taschenmitbringsel wieder in diese zurück. „Buenos días, Señorita! No sé, keine Ahnung, ich habe nur einen Anruf bekommen, einzuspringen. Wollen Sie trotzdem mitfahren, auch wenn ich der Fahrer bin?" Er sieht sie ernsthaft an und zeigt bedrohlich auf den Knopf, die Tür vor ihrer Nase zu schliessen. „Ja, ja, natürlich komme ich mit!" Rosalía hüpft die Stufen in den Bus und setzt sich wie immer in die erste Reihe, in der Nähe des Fahrers.

Nachdem sie den Fahrer etwas beobachtet hat und sich Gedanken über das Wegbleiben von Pedro macht, greift sie erneut in ihre Handtasche und zieht das zusammengerollte Papierröllchen hinaus. Langsam entrollt sie es und beginnt zu lesen. Ein Lächeln huscht ihr übers Gesicht und sie blickt in Gedanken versunken aus dem fahrenden Bus.

Kapitel 17

Frank beobachtet Linda, wie sie mit verschränkten Armen und auf den Ozean blickend im Musikzimmer auf und abgeht. Immer wieder bleibt sie kurz stehen, schüttelt energisch den Kopf und geht dann weiter. Frank Conley bemerkt, wie er sie mustert, und dass es das erste Mal ist, seit er sie mit zu sich nach Hause genommen hat. Im Krankenhaus, auf der Intensivstation, hatte er viele stille Momente wie diesen. Er hat sie eingehend studiert, versucht ihre Gesichtszüge zu erkennen und herauszufinden, was für ein Mensch sie ist. Seit sie hier in seinem Haus auf den Hamptons sind, hatte er kaum Zeit oder Energie sich auf ihre Person zu konzentrieren. Eine fremde Frau geht in seinem Haus auf und ab. Linda durfte er kennen lernen, viele tiefsinnige Momente mit ihr verbringen, ihr helfen und sie umsorgen. Jasmin Steiner scheint eine sehr fokussierte und eigenständige Frau zu sein. Obschon ihre äussere Erscheinung sehr zerbrechlich und schutzsuchend wirkt, durfte Frank bereits feststellen, dass darunter eine willensstarke und bodenständige Persönlichkeit schlummert. Er fragt sich, ob dieser Kleidungsstil auch zuvor ihrer war. Er hatte Bonnie losgeschickt um Kleider für Linda zu besorgen, nachdem sie sie nach ihren Wünschen und Vorstellungen gefragt hat.

Nun steht sie vor ihm, in engen beigen Caprihosen, einem viel zu grossen dunkelbraunem Fledermaus-Pullover und braunen Ballerinas. Ihr dunkelbraunes Haar hat sie zu einem Knoten streng nach hinten gebunden und ebenfalls zum ersten Mal fällt ihm auf, dass sie Lidschatten und etwas Mascara trägt. „Sieht hübsch aus!", denkt er und er spricht es hörbar aus.

„Wie bitte?" Linda dreht sich aus ihren Gedanken gerissen zu ihm um. Frank lächelt sie an, die eine Hand in seine Jeanstasche gesteckt, mit der anderen auf seine Augen zeigend: „Dein Make-up, steht dir gut!", kaum ausgesprochen, wandert auch die zwei Hand in die andere Jeanstasche und er zieht verlegen die Augenbrauen in die Höhe, während er seine Lippen zusammenpresst.

„Oh, danke… Hach Frank!… Was sollen wir bloss tun? Was soll ICH bloss tun? Das alles ergibt doch keinen Sinn. Und einfach hier rumstehen und warten, macht mich W-A-H-N-S-I-N-N-I-G!!! Ich könnte Bäume ausreissen und sie weit wegwerfen und…!" Sie kann ihren verzweifelten Satz nicht zu Ende bringen, steht Frank direkt vor ihr, fasst sie an ihren geballten Fäusten und strahlt sie an: „Dann lass uns GENAU DAS tun!" Verwirrt blickt Linda ihn naserümpfend an und mehr als ein: „Hä?", kommt in diesem Moment nicht über ihre Lippen. Weg vom schüchternen Schuljungen, wieder hin zum Adrenalin durchfluteten Actionheld steht er breitbeinig vor die grosse Fensterscheibe, öffnet seine Arme ebenso weit und jauchzt: „Lass uns Bäume werfen! Das wird uns so gut tun, meine Teure und du wirst es lieben!"

Gerade als Linda ihren Mund zur nächsten ganzen Frage öffnet, hört sie hinter sich ein Kichern: „Wofür übt IHR denn hier? Kann ich mitmachen? Wie heisst dieses Spiel?" Susie betritt das Zimmer, geht zu Linda, drückt sie an ihren fülligen Körper und kneift sie in die Seite.

„Meine Süsse, wie geht es dir? Kocht Bonnie so schlecht? Oder warum bist du so dünn? Bald passt du zu mir in meine Hose auch noch rein! Ach was, das ginge jetzt schon, Mama trägt nämlich Gummibord!" Während sie wie immer fröhlich plappert, geht sie auf Conley zu, stellt sich, wie er eben, breitbeinig vor ihn hin, blickt zu ihm hoch und zwinkert ihm zu: „Willst du darüber sprechen oder bist du undercover unterwegs?" Verschmitzt grinst der durchtrainierte Schauspieler seine neue Freundin aus Coney Island an und küsst sie liebevoll auf die Stirn. „Schön dich zu sehen, Susie! Willkommen in unserer Denkzelle. Wir sind gerade dabei, die nächsten Schritte zu planen."

„Und Bäume ausreissen und diese in der Gegend rumwerfen gehören dazu? Das habe ich doch eben schon richtig verstanden?" Sie zeigt auf Frank, sieht dabei jedoch Linda an. Diese schüttelt den Kopf und hebt ihre Schultern. „Ich verstehe ebenso wenig, wie du. Aber ich dachte eben, es könnte eine englische Redewendung sein, die ich noch nicht kenne." Beide Frauen blicken nun Frank an, welcher schelmisch grinst und sich dabei wie eine witzige Comicfigur die Hände reibt.

Kapitel 18

Kaum hat Rosalía die Klinik betreten, winkt ihr auch sogleich die Empfangsdame zu. Verwundert, erwidert Rosa die nette Begrüssung mit einem zaghaften Lächeln. Sie will in Richtung Personalgarderobe gehen, als die Empfangsdame einen zischenden Laut von sich gibt und Rosalía energisch zu sich winkt.

„Ah, ich soll kommen, hiess das!" Die gutgelaunte Physiotherapeutin wechselt ihren Kurs und eilt zum Empfang.

„Buenos días, Señora! Was kann ich denn für Sie tun?"

Mit hochgezogener Braue mustert der Empfangsdrache Rosa von Kopf bis Fuss und schiebt ihr kopfschüttelnd ein Couvert über den Tresen, setzt sich wieder hin und blättert gelangweilt in einer Zeitschrift.

„Muchas gracias! Auch Ihnen einen prächtigen Arbeitstag!" Rosa greift nach dem Umschlag und verzieht sich aus der eiskalten Empfangsgegend. Beim Weitergehen fragt sie sich, wie viele hilfesuchende Menschen hier womöglich rückwärts wieder hinausgehen, ohne je einen Arzt gesehen zu haben? Eine Taktik der Klinik? Hm… Könnte natürlich auch sein, dass diese Gómez Hernandez eine herzensgute, charmante und überaus fürsorgliche Person ist, die einfach gerade IMMER einen schlimmen Seelenmoment durchleben muss, wenn Rosalía an ihr vorbei geht. Bei diesem Gedanken muss sie laut lachen und verschwindet blitzartig in der Garderobe.

***

Ein leises Schluchzen ist im sterilen Treppenhaus zu hören. Langsam schliesst sich eine Tür und ein vorsichtig fragendes: „Hallo?", erklingt ebenfalls an den Treppenstufen vorbei. Das

Schluchzen wird durch ein lautes Nasenputzen beendet: „Ja, hallo... alles gut hier! Mir gehts gut!"

„Rosa? Sind Sie das? In welchem Stock sind Sie?"

„Nein, nicht doch! Lassen Sie es gut sein! Ich brauche jetzt einen Moment für mich! Aber vielen Dank!"

„Ich höre Sie doch weinen! Wie kann es Ihnen gut gehen? Was ist passiert? Ich komme jetzt runter..."

„Mierda! Noo!!!! Bitte!! Wir sehen uns gleich oben, holen Sie doch bitte schon mal die Patientenakte. Muchas gracias!"

Rosa wartet gespannt auf den Laut einer Tür, die geöffnet wird, kann aber nichts dergleichen hören. Wütend steht sie auf, stampft mit einem Bein auf den Boden und reisst die Türe vor sich auf: „Na dann, gehe ICH eben!" Beim Hinaustreten ruft sie über ihre Schultern ins Treppenhaus zurück: „Ich werde SOGLEICH einen anderen Praktikanten beantragen!"

Gesagt, getan. Oder besser: geschrien - getan! Energisch, zielgerichtet und mit ernster Miene tritt die aufgebrachte Mexikanerin aus den Räumlichkeiten der Geschäftsleitung. Sie sieht in die verwunderten Augen der Sekretärin und verliert ihre Fassung. Sie stützt sich auf deren Schreibtisch und kann ihre Tränen nicht mehr zurückhalten: „Er wird es nicht tun, hab' ich recht? Warum ich? Warum muss ICH das tun? Ich kann das nicht! Ich will bloss meine Arbeit gut machen, genug Geld verdienen und Mima helfen!" Verwirrt bietet die Direktionssekretärin der nun schluchzenden Rosalía ein Taschentuch an, welches sogleich verwertet wird. Als das Zweite zeitnah folgt, legt sie, der sich langsam beruhigenden Mitarbeiterin eine Hand auf die Schulter und flüstert neugierig: „Ich weiss nicht, meine Liebe... Was müssen Sie denn für den Señor Director machen?"

Kapitel 19

„Ich weiss, was er vorhat!" Wie ein Flaschengeist steht Kenneth mit den Armen vor der

Brust in der offenen Schiebetür. Freudig geht Frank auf seinen Sohn zu und umarmt ihn herzlich.

„Mein Sohn, schön bist du hier! Was hältst du von meiner Idee?" Der noch immer aufgedrehte Schauspieler hält nun seinen Sohn an den Schultern fest und wartet auf seine positive Reaktion. Dieser grinst seinen Vater schelmisch an und blickt mit erhobener Augenbraue in die fragenden Frauengesichter im Raum.

„Ich bin mir sicher, das würde euch gefallen, meine Damen. Sehr gefallen sogar! Aber..." Ken blickt wieder zu seinem Vater, welcher dieses 'Aber' zu überhören scheint...

„Hört ihr? Es wird euch SEHR gefallen sogar!"

„Bäume werfen? Ken? Ernsthaft jetzt? Das ist ein Scherz, oder?" Linda schüttelt den Kopf und blickt erst den Professor, dann Susie mit hochgezogenen Schultern an. Diese wirft beide Hände über den Kopf und geht zielstrebig aus dem Raum, an den beiden grossen Männern vorbei und ruft: „Bonnie! BOOOOOONIE!" Frank lacht laut und herzhaft auf: „Glaub mir, Bonnie ist die Allerglücklichste, wenn du ihr davon erzählst! Sie wird umgehend alles stehen und liegen lassen und ihre Koffer packen!" Er wendet seinen Blick zu Linda, strahlt sie an und zwinkert ihr zu.

„Koffer packen? Frank bitte, was hast du vor?" Sie setzt sich auf die Long Chaise und blickt hinaus aufs Meer. „Nicht weg von hier oder? Ich kann jetzt nicht weg..." Traurig reibt sie sich die Hände und beginnt ihren linken Daumenballen zu massieren. Eine Geste die sie im Coney Island Hospital von Leslie gelernt hat, um sich zu beruhigen... Leslie... Die nette und fürsorgliche Krankenschwester, die nun ihr Feind geworden ist... Augenblicklich hört sie auf damit, als würde dieser Tipp ihr mehr schaden als helfen. Sie bemerkt nicht, wie zwischenzeitlich Frank zu ihr gekommen ist und nun vor ihr in die Hocke geht und ihre beiden Hände mit seinen umschliesst.

„Du musst nichts tun, was dir widerstrebt. Ich denke nur, ein Tapetenwechsel könnte dir ganz gut tun. Und im Moment gibt es hier nichts zu machen, ausser warten. Wir haben alles getan, was in unserer Macht steht. Die Videos sind landesweit ausgestrahlt, Leslies Aktivitäten werden überprüft, die Suche nach Simon, Roberto und Mirjam ist in vollem Gange... Du machst dich bloss verrückt hier..."

Linda schliesst ihre tränengefüllten Augen und nickt kaum merklich: „Ich weiss, aber ich kann nicht weg..." Sie öffnet ihre Augen, lässt den Tränen die Bahn auf ihre Wangen frei und blickt ihren besten Freund an: „Es wäre, als würde ich Mirjam im Stich lassen. Ich habe zum ersten Mal das Gefühl, ihr nahe zu sein...verstehst du?"

„Und sie hat recht damit, Dad! Sie kann jetzt nicht weg, sie ist Mirjam näher als je zuvor!" Ken hat sich zu den Beiden, neben Linda auf die Long Chaise gesetzt. „Wenn man mich nur ausreden lassen würde." Er grinst seinen Vater an und umarmt mit einem Arm Linda, die ihn prüfend ansieht.

„Wir haben einen Anruf erhalten."

Kapitel 20

„Ich kann zwar noch nicht alles scharf erkennen, aber dass hier etwas nicht stimmt, bemerke ich auf den ersten Blick."

Langsam rollt der Patient auf die für ihn bereit stehende Liege zu, richtet jedoch seine halb geöffneten Augen auf seine Physiotherapeutin. Mit dem Rücken zu ihm murmelt sie etwas auf Spanisch vor sich hin und nimmt ein Taschentuch zur Hand. Ein lautes, gar kindliches Schneuzen ist hörbar und sie entschuldigt sich: „Lo siento! Tut mir sehr leid, das ist überhaupt nicht professionell... Ich bin gleich soweit..."

„Sie brauchen sich nicht zu entschuldigen, Señorita. Weinen reinigt die Seele und das brauchen wir alle zwischendurch. Ich bin ein sehr guter Zuhörer müssen Sie wissen. Und seit ich mit meinen Augen nicht mehr sehen kann, was mein Herz und Verstand sich wünschten, höre ich umso besser. Und ich kann schweigen wie ein Grab..."

„No, muchas gracias, Bob, aber das geht nicht. Ich werde dafür bezahlt Ihnen zu helfen und nicht, dass Sie mich trösten, auch wenn das unglaublich liebenswürdig ist von Ihnen. Wirklich, vielen Dank, aber es geht schon wieder."

„Ich habe auch nicht gesagt, dass Sie mir dabei nicht eine wundervolle Massage verpassen sollen. Aber Sie könnten mir dabei berichten, welchen Kummer Sie drückt." Ein schelmisches Grinsen liegt auf dem noch geschwollenen Gesicht von Rosalías Patienten, während er ein Bein nach dem Anderen behutsam vom Rollstuhl auf den Boden stellt.

„Massage? Das könnte Ihnen so passen, Señor! Heute steht hartes Training auf dem Plan, denn wir kriegen gleich Gesellschaft. Jawohl, Sie brauchen sich gar nicht so gemütlich einzurichten hier. Heute machen wir nämlich unsere ersten Gehversuche. Wollen wir mal sehen, ob es da noch Muskeln unter dem Regenbogen hat."

„Gehversuche? Regenbogen? Gesellschaft? Welche Sprache sprechen Sie heute? Dónde está mí Rosalía? Was haben Sie mit ihr gemacht?" Bob stellt seine schweren Beine wieder zurück auf die Fussablagen des rollenden Stuhls und versucht im Raum etwas zu erkennen. In diesem Moment öffnet sich die Tür und ein kleiner, junger Mann mit schwarzem Wuschelkopf betritt den Raum, schliesst die Tür hinter sich und begrüsst die anwesenden Personen freundlich: „Buenos días! Ich habe gehört, hier gibt es erste Gehversuche und zwei starke Arme werden benötigt?"

„Genau, zwei STARKE Arme!" Rosa sieht den kleinen Physiotherapeuten erstaunt an: „Was machst DU hier, Stefano? Wo ist mein Praktikant? Der grosse, mit den laaangen Armen und dem groooossen Bizeps?" Sie zeigt mit ihrer offenen Hand und ausgestrecktem Arm auf den langen und kräftig gebauten Patienten im Raum. Fragend legt sie ihren Kopf zur Seite.

„Na DU bist ja zum Director gerannt und hast Simon abbestellt. Jetzt darfst du mit MIR vorlieb nehmen, bis die Sache geklärt ist zwischen euch." Er geht zielgerichtet zum Patienten, welcher wie erstarrt in seinem Stuhl sitzt, legt ihm behutsam die Hand auf die Schultern und sagt mit beruhigender Stimme: „Sie übertreibt wie immer. Machen Sie sich keine Sorgen, es kommt nämlich nicht auf den Bizeps, sondern auf die richtige Technik an! Sie sind in guten Händen."

„Bob?...Alles ok? Geht es Ihnen nicht gut, Bob?!?" Rosa eilt zu ihrem kreideweissen Patienten, kniet sich hin und fühlt seinen Puls am zitternden Handgelenk.

Kapitel 21

„Mexiko?! Diese Bastarde! Natürlich Mexiko!" Susie wirft ihre fleischigen Arme erregt in die Luft und dreht sich um ihre eigene Achse. „Kein Mensch wird je gefunden in Mexiko! Das ist, als würde man eine Kaffeebohne im Hühnermisthaufen suchen!" Kaum hat sie ihrer ersten Wut freien Lauf gelassen, bemerkt sie die betrübten Gesichter um sich, verzieht ihr Gesicht zur Entschlossenheit und zwängt sich zwischen Ken und Linda auf die Long Chaise. „Aber, wir lassen uns nicht verarschen hier, meine Schöne! Kommt nicht in Frage! Wie Ken bereits sagte, du bist deiner kleinen Maus näher, auch wenn die Umstände erneut hindernisreich scheinen. Aber da fresse ich einen Mexikaner bei lebendigem Leib, wenn wir vier es nicht schaffen, diese Hornochsen zu finden!" Sie legt behutsam ihren Arm um Lindas Schulter und will sie fest an sich drücken, als diese aufsteht, beide Hände in ihre Caprihosentaschen steckt und zum bodenebenen Fenster geht.

„Bitte sprich nicht so über Roberto, da stimmt was nicht mit ihm. Er würde sowas niemals tun, ich kenne ihn! Da muss mehr dahinter stecken, ihm muss etwas zugestossen sein." Sie blickt hinaus aufs Meer und stellt sich das schöne, gutmütige Gesicht ihres Mannes vor, so, wie sie es seit dem wiedererlangen ihres Gedächtnisses, stets tat, als würde sie ihn telepathisch suchen. „Ken, berichte bitte noch einmal genau, was das FBI gesagt hat!" Linda geht in die Hocke, lässt ihren Kopf entspannt hängen und verkeilt ihre Hände wie zum Gebet. Ebenfalls eine Übung, welche ihr die trügerische und skrupellose Krankenschwester gezeigt hat.

Franks Sohn, der Anwalt und Universitäts-Professor, berichtet den gespannten Zuhörern sein geführtes Telefonat mit Agent Mayer vom Federal Bureau of Investigation noch einmal Wort für Wort.

„Hmm...," Frank geht mit beiden Händen am Hinterkopf im Raum auf und ab, „es ergibt wirklich keinen Sinn... ausser natürlich... Nein, das wäre absurd nur schon zu denken... Wobei, bedenke man, was er Linda angetan hat... ".

„Sir?! Entschuldigen Sie bitte!?" Susie steht nun hinter Frank und tippt mit einem Finger auf seine muskulöse Schulter: „Studieren Sie gerade eine neue Rolle ein oder wären Sie so freundlich, uns in Ihr Gedankenchaos miteinzubeziehen?" Sie steckt nun beide Hände in ihre Hüfte und sieht zu ihrem Freund hoch.

„Oh... oh... entschuldigt!" Er legt seine grossen Hände auf Susies Schultern und drückt sie liebevoll. „Natürlich! Nun gut, nehmen wir an, dieser Simon hat diese ganze Geschichte skrupellos geplant und Roberto wusste gar nichts davon, sondern wurde erpresst... Nur, womit? Und dann erneut angenommen, er wollte aussteigen... und Simon... naja... drehte erneut durch?"

Kapitel 22

„Ich weiss es nicht! Wie oft muss ich es denn NOCH erzählen?" Rosalía wirft ihre beiden Hände erregt in die Luft, dreht sich auf ihrem Absatz um und schnaubt vor sich hin: „Madre! Als hätte er einen Geist gesehen! Kreideweiss ist er geworden, sein Puls schnellte absurd in die Höhe und dann fiel er in sich zusammen und verlor sein Bewusstsein. Ich... ich... habe sowas noch nie gesehen... noch nicht einmal darüber gelesen...! Wie geht es ihm denn? Ist er wach? Hat er etwas gesagt? Ich drehe gleich durch hier! Welch ein beschissener Tag wurde das

93

heute?" Die kleine Mexikanerin lässt sich auf den Stuhl fallen, legt ihren Kopf in beide Hände, atmet bewusst laut ein und aus.

„Nein, er schläft noch, Rosa, was mich sehr beunruhigt. Zu lange schon schläft er. Deshalb muss ich wirklich jedes Detail wissen, verstehst du? Ich mache das nicht, um dich zu quälen oder weil ich deinem Wort kein Vertrauen schenken würde... Aber die Polizei wird gleich hier sein und..." Der Psychiater, ebenfalls in Weiss, sieht besorgt aus dem Fenster, hinter welchem sich der Parkplatz der Psychiatrie befindet.

„Die Polizei??? Wie bitte? Was will die Polizei denn hier? Wegen eines ohnmächtigen Patienten? Du nimmst mich doch auf den Arm, Jeff?!" Als wäre neues Leben in ihr erwacht, springt Rosa aus dem Stuhl, steht nun direkt neben dem amerikanischen Psycho, wie sie ihn heimlich nennen, und sieht ihn bestimmt an: „Was geht hier wirklich vor? Langsam aber sicher glaube ich, ihr alle, aber wirklich ALLE, wollt mich in den Wahnsinn treiben! Das ist doch

Irrsinn! Erst der Director wegen Simon und jetzt du wegen Bob! Nicht zu vergessen die bezaubernde Geenie am Empfang mit ihren Hiobsbotschaften! Das ist in der Tat ein Irrenhaus! Die beste Klapsmühle der Welt und aller Zeiten! Dios mio, ihr bringt sogar eure Angestellten dazu, eingeliefert zu werden!"

Nachdem Jeff es endlich geschafft hat, dass sich die aufgebrachte Physiotherapeutin wieder hinsetzt und einen Becher Wasser trinkt, setzt er sich ebenso auf einen Stuhl direkt vor ihr. Er legt ein Bein über das andere und seine gefalteten Hände in den Schoss, nachdem er seine Krawatte ordentlich zurecht gerückt hat. Er gibt einen kurzen Schnalzlaut von sich, als hätte er eben noch Essensreste mit der Zunge zwischen den Zähnen rausgesogen. Irritiert über seine Gelassenheit und genervt wegen seiner unanständigen Geste, sieht Rosalía ihn nun mit ernstem Blick an: „Ich sitze, ich bin ruhig, ich habe Wasser getrunken! Krieg ich jetzt Antworten oder muss ich erst noch einen Handstand machen?"

Kapitel 23

„Tut mir leid, Bonnie. Unsere geliebten Highlands müssen noch etwas warten. Stattdessen reisen wir nach Mexiko. Kommst du mit? Ich melde uns gleich bei Mike an."

Während Frank seine Reisetasche auf sein Bett wirft, geht die schottische Haushälterin enttäuscht zum begehbaren Kleiderschrank und antwortet ihm absichtlich mit starkem Akzent: „Nein, lass gut sein, ich helfe dir packen, sonst muss Linda noch lange warten. Das arme Kind, welche Qualen sie durchleben muss. Wie geht es dir dabei, Frank? Wir hatten noch keine Gelegenheit darüber zu sprechen." Sie legt drei ordentlich gefaltete Poloshirts auf das grosse Bett und will wieder in Richtung Kleideraufbewahrung gehen, als sie von Conley an der Hand zurückgehalten wird. Er drückt sie liebevoll und sieht sie vertraut an: „Sobald ich wieder zuhause bin, gönnen wir uns einen Singlemalt, essen Haggis, Cones und Shortbread und teilen unsere Gedanken, abgemacht? Und wieder; es tut mir so leid, Bonnie, unsere Zeit kam viel zu kurz und ich interessiere mich sehr, wie es DIR dabei ergeht. Es ist für uns beide schmerzhaft, mit Linda nun stets erinnert zu werden. Aber es wird seinen Grund haben. Du weisst...", und gemeinsam sprechen sie den Satz zu Ende:

„Das Universum macht keine Fehler..."

***

Mike steht breitbeinig auf dem kleinen Fluglandeplatz hinter dem Haus und winkt seinen baldigen Fluggästen freudig zu: „Wunderbares Wetter heute, herrliche Sicht und wie immer dicke Luft über Mexiko! Habe soeben Flugerlaubnis bekommen. Ich hoffe, ihr habt keine Schmuggelware mit dabei! Ich habe nichts für den Zoll angegeben!" Lachend greift er nach Lindas und Franks Taschen und verstaut beide in seinem fliegenden Arbeitszimmer. Ken stellt seine Reisetasche ebenfalls dazu und setzt sich neben den Pilotensitz. „Übernimmst du heute Ken?" Mikes Stimme ist klar und deutlich über die Kopfhörer zu hören und freudig greift Ken zum Helikopter Schalthebel.

„Alles klar! JFK sollte ich noch finden, auch wenn es eine Weile her ist, seit ich ihn selber angeflogen habe! Crew, ready for take off?" Er wirft einen schelmischen Blick auf die Rücksitze, auf welchen Linda und sein Vater sitzen und ihm beide den Daumen hoch als Antwort zeigen.

„Das war nicht schlecht, Junge. Ausnahmsweise musste ich mich nicht festhalten, sondern konnte uns sogar ein Hotel buchen lassen. Ich glaube, bald sollte ich die Augen für einen neuen Manager offen halten. Tom war nicht besonders begeistert, dass ich... WIR nach Mexiko abhauen. Was für ein Fressen für die Papageien... Er ist nur froh darüber, dass Susie hierbleibt..." Lachend reicht Frank Linda die Hand, um ihr aus dem Helikopter zu helfen. Sie will ihre Tasche nehmen, als Ken ihr zuvorkommt und sie anlächelt: „Daran hast du dich wohl immer noch nicht gewöhnt?"

„In der Tat habe ich das nicht... und sagt mal, gibt es IRGENDETWAS, dass ihr Conleys nicht könnt?"

Kapitel 24

„Duschen hilft. Duschen hilft immer! Los, raus aus diesen Klamotten und unter die kalte Dusche!" Rosalía geht mit kleinen Schritten rasch durch die sterilen Korridore in Richtung Personal-umkleidekabinen. Ihre beiden zierlichen Hände tief in die Kitteltaschen gesteckt und den Blick konzentriert auf den Boden gerichtet, murmelt sie weiter vor sich hin: „Das ist doch verrückt... Wer tut sowas? Das muss erfunden sein... noo... das sprengt mein Vorstellungsvermögen... caramba, mundo loco! Gente terrible! Duschen Rosa, duschen hilft..."

„Mundo loco? Gente terrible? Qué pasa?" Eine grosse starke Hand greift nach Rosas Arm und bringt sie zum Stehen. Irritiert und einmal mehr aus ihren laut ausgesprochenen Gedanken gerissen, sieht sie in die schönen Augen ihres ehemaligen Praktikanten. „Simon, lo siento! Das ist gerade alles etwas zuviel für meine Nerven. Ich... Ich wollte es dir selber sagen, aber du hast mich heute in einem unmöglichen Moment erwischt und... und... " Als wäre dieser abrupte Gedankenunterbruch eine Erlösung gewesen, kriechen die ersten Tränen langsam über ihre braunen Wangen.

„Nicht doch weinen.....he...was ist denn los, Rosalía?" Der grosse, kräftige Mann zieht die kleine Mexikanerin nahe an sich heran und bückt sich zu ihr hinunter. Er wischt ihre ersten Tränen weg und sieht sie beunruhigt an. Sie putzt sich ihre Nase mit dem Arm ab und richtet ihren Blick zu Boden. „Ich will dich jetzt nicht sehen... ich KANN dir jetzt nicht in die Augen blicken... du bringst mich nur durcheinander... Simon... bitte versteh doch...!" Bevor sie weinerlich weitersprechen kann, spürt sie seine starken Arme um sich schlingen, seine warme muskulöse Brust an ihrer nassen Wange und sein laut pochendes Herz an ihrem Ohr.

„Ich verstehe und du brauchst mich nicht ansehen, meine Tapfere! Gómez hat es mir erzählt... Es tut mir sehr leid. Wenn du möchtest, begleite ich dich gerne zu ihm. Er ist noch hier! Seine Familie kann ihn leider nicht nach Hause nehmen für die

Trauerzeit." Zärtlich streicht er ihr über den Rücken und legt sein Kinn auf ihren Kopf, um ihr noch mehr Halt und Geborgenheit zu schenken. Ein lautes Schluchzen erfüllt den Korridor und Rosa lässt ihrer Traurigkeit freien Lauf. „Natürlich spricht diese Hexe mit dir und allen anderen in diesem gottverdammten Irrenhaus über mich!" Ihr Schluchzen wird immer heftiger und Simon zieht sie festumschlungen in Richtung Tür hinter ihnen. Er öffnet sie und geht mit der weinenden Rosa an seiner Brust in den kleinen Materialraum und schliesst hinter ihnen ab.

Kapitel 25

Die Einreise nach Mexiko war via privates Gate eine kurzweilige Sache und Linda durfte erneut feststellen, dass Frank auch hier ein gern gesehener Gast ist. Die Zollbeamten begrüssen ihn herzhaft und seine charmante und liebevolle Art, seinen Mitmenschen zu begegnen, reisst wiederholt alle mit. Gut gelaunt, steigen sie in den für sie bereitstehenden Wagen und zu ihrer Überraschung sitzt Tom neben dem mexikanischen Fahrer.

„Was zum Geier, machst DU denn hier?! Aber, wie soll das gehen? Sag mal, bist du David Copperfield?" Frank haut seinem Manager kumpelhaft auf die Schulter und drückt freudig zu! „Erst mir die Leviten lesen und dann den Arsch selber in den Süden bewegen! Ich glaubs nicht!" Bevor er jedoch weitersprechen kann, hebt Tom seine Hand in Lindas Richtung zum Gruss. „Erst die Dame an Bord begrüssen. Willkommen in Mexiko, Linda! Und wenn sich Ihr redefreudiger Begleiter etwas beruhigt hat, dürfen Sie ihm gerne noch etwas Anstand beibringen. Ich habs aufgegeben." Und an Ken gerichtet erwidert er: „Fragt er dich jemals, wo du gerade steckst? Oder ruft er dich auch zu unmöglichen Tages- und Nachtzeiten an, schüttet sein Herz aus und involviert dich in seine verrückten Pläne, aber keine Frage, ob er gerade stört?" Er blickt Frank aus dem Augenwinkel schelmisch an, schnalzt mit seiner Zunge und murmelt: „Nun gut, ich werde ja bezahlt dafür."

„Hey amigo," zischt Frank nach vorne, „das kannst du jetzt so aber nicht stehen lassen, das ist nicht fair!" Er legt seine grosse Hand auf die Schulter seines Managers und fragt: „Sorry, Kumpel, du warst schon hier? Darfst du das überhaupt? Das Land verlassen, meine ich, ohne mich zu informieren? Was tust du denn überhaupt hier?" Neugierig richtet der Actionheld seinen Kopf in Richtung Vordersitz.

„Du meine Güte! Was hast du im Flieger getrunken? Atmest du überhaupt zwischen deinen Sätzen noch?" Lachend klopft sich der langjährige Freund und Manager von Frank Conley auf den Oberschenkel und gibt dem Fahrer Anweisungen in fliessendem Spanisch.

„Hat er Ihnen schon verraten, wo, respektive WIE Sie heute übernachten werden, Linda?" Tom blickt über seine Schultern nach hinten und sucht Lindas Blick. In Gedanken versunken blickt die Angesprochene auf die hektischen Strassen. Leicht irritiert bemerkt sie alle Blicke auf sich gerichtet und vermutet zu Recht, dass von ihr eine Antwort erwartet wird.

„Tut mir leid, wie war das, bitte?" Sie sieht vom einen ins nächste Augenpaar. Ken ergreift das Wort: „Alles ok, Linda?" Sie nickt und wartet auf die Wiederholung der Frage davor. „Was war das eben? Wer wollte etwas wissen von mir? Oder warum starrt ihr mich alle an?" Frank klopft ihr freudig auf das Knie und antwortet: „Tom wollte wissen, ob ich dich bereits eingeweiht habe, in unser nächtliches Abenteuer."

Ihre Augen werden nun noch grösser, als sie sonst schon sind, und sie lehnt sich mit leichter Abwehrhaltung weiter in den Ledersitz des Wagens zurück: „Nächtliches Abenteuer? Ich weiss nicht, ob ich das richtig verstehe... Ken? Kennst du die Gesetzgebung auch in Mexiko? Muss ich mir Sorgen machen?"

Kapitel 26

„Rosa? ... Rosalíííaaa! ... Dónde estas?" Die laute Frauenstimme erfüllt die gesamte Personalgarderobe. Leise tappende Schritte in Richtung Duschkabinen und erneute Suchrufe: „Rosa!! Wo zum Geier steckst du? Der Director sucht dich! Die Polizei ist da! Was hast du schon wieder ausgefressen? Mía Madre, dass du überhaupt noch hier arbeiten darfst?" Energisch reisst Carmelíta eine Duschkabinentür nach der anderen auf und bleibt bei der Letzten, wie vom Blitz getroffen erstarrt stehen! „Um Himmels Gottes Willen, bei allen heiligen Mexikanern, ROSA! Was machst du hier? Was ist passiert?!" Sie versucht die Duschkabinentür ganz zu öffnen, stösst jedoch am bewegungslosen Körper direkt dahinter an. „Rosalía, AUF DER STELLE BEWEGST DU DICH WEG DA!" Ihre laut hysterisch kreischende Stimme hallt im gesamten kalten Raum, doch die Person hinter der Tür bewegt sich nicht. Lediglich das warme Wasser plätschert auf sie nieder und hinterlässt einen stickigen Dampf.

„Mierda, Mierda, Mierda! Dann hole ich eben den Hauswart! Soll DER dich hier doch rausholen und dir auch gleich den Hintern versohlen!" Als sie gerade wütend davonstampfen will, bleibt sie für den Bruchteil einer Sekunde stehen, dreht ihren Kopf über die Schulter in Richtung Duschkabine und schmunzelt. Sie geht langsam zur Tür, öffnet diese und ruft: „Oder besser noch, ich hole Simon! Den grossen, starken, verdammt gut aussehenden SIIIMMOON!!!!" Sie wartet einen Moment ab und hört, wie sich etwas in der Dusche tut. „Lass mich! Mir geht es gut! Untersteh dich jemanden zu holen. Ich will hier in Ruhe duschen, das ist alles! Comprendes?"

Kopfschüttelnd schliesst die triumphierende Krankenschwester die Tür der Garderobe und geht in langsamen Schritten wieder zu den Duschen. „In den Arbeitsklamotten? Du willst in den Arbeitsklamotten in Ruhe hier duschen?! Sag mal, du bist doch mit Abstand das verrückteste Huhn, welches in diesem gottverdammten Irrenhaus umhergeistert! Was stimmt bloss nicht mit dir? Und was zum Henker hast du ausgefressen? Jetzt sag schon! Was geht hier vor?" Bei der letzten Kabine angelangt, bleibt sie erneut vor der halb geöffneten Tür stehen, stützt beide Hände in ihre Hüften und klopft mit dem Fuss gegen die Duschwand. „Ich habe Schicht und kann nicht stundenlang babysitten hier! Kommst du nun raus oder soll ich dem Señor Director sagen, er soll dir gleich eine geschlossene Zelle bereitstellen lassen, inklusive Zwangsjacke?"

Die Dusche wird zugedreht und die Kabinentür von innen geöffnet. Im weissen, klatschnassen Kittel, die nassen Haare im Gesicht und auf den Schultern klebend, steht Rosalía, die kleine, sonst so lebensfreudige Physiotherapeutin vor Carmelíta. Diese schlägt sich die Hände vors Gesicht: „Mierda! Wie siehst du bloss aus? Spinnst du?"

Kapitel 27

Mit offenem Mund steht Linda in ihrem Hotelzimmer und traut ihren Augen nicht. Sie dreht sich langsam um die eigene Achse und noch immer bleibt ihr Atem stehen. Langsam geht sie auf das überdimensionale Netz zu und blickt auf das vor ihr liegende Meer. Zwischen ihr und der Naturschönheit liegt eine Terrasse mit kleinem Whirlpool, einer an zwei Holzstämmen befestigten Hängematte sowie eine lauschige Sitzecke mit einem Liegekorb. Hinter ihr, im offenen Raum befinden sich ein schwebendes Holzhängebett, ein offenes Badezimmer mit Blick aufs Meer und dahinter der Dschungel. Noch nie in ihrem ganzen Leben war Linda in einem Hotelzimmer, welches in der Luft auf Stelzen war. Ihr erster Baumhausbesuch.

„Und? Wie gefällt es dir meine Liebe?" Frank trat lautlos in das Traum-Baumhaus. Zu den Conley Manieren passend, stellt er sich breitbeinig, beide Hände gekreuzt unter den Achselhöhlen versteckt, neben sie und lässt ebenso seinen Blick über die blaue Weite gleiten. „Wir kamen jedes Jahr hierher. Sie hat diesen Ort geliebt. Stundenlang konnte sie auf der Terrasse, im Pool oder auf dem Korb, die Nase tief in Bücher gesteckt, verweilen. Ich glaube, das war so ziemlich der einzige Ort, an welchem es ihr egal war, wenn ich auf Dreh ging und tagelang unterwegs war. Sie meinte, eine Woche hier sei wertvoller, als ein Sommer lang auf den Bahamas." Ein liebevolles Lächeln huscht über Franks Gesicht, als er diese Erinnerungen laut über seine Lippen gleiten lässt.

„Wie war sie, Frank?" Linda flüstert diese Worte zaghaft, als wolle sie diesen Moment, in welchem ihr Lebensretter das erste Mal von seiner verstorbenen Frau spricht, nicht beenden.

Der grosse Mann sieht von der Seite auf die zierliche Frau neben sich hinunter und strahlt über sein ganzes Gesicht: „Kenneth ist das männliche Ebenbild von ihr! Genau SO war sie. Etwas kleiner und natürlich nicht so muskulös." Bei diesen Worten lacht er amüsiert. „Aber ansonsten, ist er genau wie Heather!"

Linda wiederholte leise den Namen und sieht den Witwer zaghaft fragend an: „Magst du mir sagen, wie sie gestorben ist?" Bei dieser Frage strafft sich

Franks Körper und wirkt verkrampft, als er sich beide Hände in die Hosentaschen steckt, zum Meer blickt und emotionslos antwortet: „Ich habe sie umgebracht!"

Kapitel 28

„Du willst mich doch auf den Arm nehmen?! Ok, eins steht nun eindeutig fest: Du gehörst in diese Klapsmühle! Aber nicht als Angestellte, sondern als Patientin! Mierda! Und ICH habe mir eben fast die Hosen vollgemacht, aus lauter Sorge und Panik! Geh und mach dich frisch, du siehst aus wie eine zertretene Kakerlake! Und der Señor Director wartet nicht mit einem Margarita auf dem goldenen Tablet auf dich! Verrücktes Huhn!" Aufgebracht fuchtelt Carmelíta mit ihren Händen in der Luft herum und geht zielstrebig zu ihrem Garderobenschrank. „Und wegen DIR ist nun mein ganzes Make-up hin! Wie hast du es bloss geschafft einen Job zu finden? Überhaupt eine Ausbildung zu machen? Sind alle in deiner Familie so durchgeknallt oder bist du eine

Sonderausgabe? Mierda! Unglaublich!" Sie reisst ihr kleines Beautytäschchen auf und kramt darin rum. Mit einem Kajalstift in der Hand zeigt sie drohend in Richtung Duschkabinen, in welcher nun erneut Wasser läuft: „Hast du eigentlich eine Ahnung, wie viele dich darum beneiden würden? Ich meine, ICH hätte auch nichts dagegen... was FINDET er bloss an dir? Steht wohl auf verrückte Weiber! Wo kommt er eigentlich her? Hey, Cucaracha, erzähl das bloss nicht rum!!" Während Carmelíta wild mit ihrem schminkenden Spiegelbild quasselt, kommt Rosalía aus der Dusche. Ein Handtuch um sich gewickelt, geht sie langsam mit gesenktem Kopf auf ihren Garderobenschrank zu.

„Ich bin mir sicher, dass du schon dafür sorgen wirst, dass es alle erfahren...", murmelt sie leise vor sich hin und nimmt frische Kleider aus dem Schrank. Sie zieht sich Slip und BH rasch an und schlüpft in einen Arbeitskittel.

„Qué dices?", kommt ihre Arbeitskollegin fragend zu ihr und setzt sich neben sie auf die Bank.

„Nichts, vergiss es! Versuch es einfach für dich zu behalten, ok? Es ist mir so schon peinlich genug!" Die Physiotherapeutin cremt sich das Gesicht ein und beginnt ihre nassen Haare zu kämmen. Die neugierige Krankenschwester neben ihr lehnt sich zurück, stützt sich auf ihre Hände, um ihre Oberweite besser begutachten zu können und macht eine Kaugummiblase. „Erzähl mir mehr! Wie küsst er? Wild? Zärtlich? Beisst er? Die Augen offen oder geschlossen?" Ein verschmitztes Lächeln huscht über ihre Lippen und sie kaut eifrig auf ihrem Erdbeerkaugummi weiter.

„Hör auf damit! Das ist eklig!" Rosalía wirft ihr das nasse Handtuch zu. „Du weisst genau, dass das nicht erlaubt ist auf der Station! Abgesehen davon, kaust du wie eine Kuh!"

„Ha!", erwidert Carmelíta, welche das Handtuch flink aufgefangen hat, „aber im Materialraum rummachen während der Arbeitszeit ist wohl erlaubt hier, was?" Sie steht auf, wirft der Ertappten das Handtuch zurück und geht in Richtung

Tür. „Ich hab jetzt eh keine Zeit mehr für deine verrückten Geschichten und dein krankes Hirn! Ich habe da draussen Patienten, die meine Hilfe wirklich benötigen. Und du würdest dich auch besser beeilen, wie gesagt, der Señor Director sucht dich! Schon WIEDER! Kriegst du eigentlich mehr Gehalt als ich? Das muss ich unbedingt überprüfen, das wäre ja die Höhe, bei all dem Mist, den du offensichtlich veranstaltest hier!" Sie öffnet die Tür um in den Korridor zu gehen, als ihr der Weg von einem wütenden Mann mit Halbglatze versperrt wird.

Kapitel 29

Linda sieht Frank mit erstarrtem Blick an: „Warum sagst du sowas? Das stimmt doch überhaupt nicht!" Sie geht mit kurzen langsamen Schritten auf den noch immer regungslosen Mann zu und weiss nicht, ob sie ihn berühren soll. Seine verkrampfte Haltung und sein ins Leere starrender Blick, lassen sie noch eine Sekunde zögern, dann legt sie ihm vorsichtig die Hand auf den Arm. Diese Berührung scheint ihn aus tiefen und meilenweit entfernten Gedanken zu reissen, denn er zuckt zusammen und sieht Linda direkt in die braunen Augen: „Weil dem so ist, Linda. Weil ICH alleine für ihren Tod verantwortlich bin. Und damit nicht genug." Er geht in den offenen Raum und bleibt vor dem Hängebett stehen. Er nimmt die Kordel, an welcher das Bett befestigt ist, in die Hand, sieht daran hoch und lässt das Bett etwas schaukeln. Dann dreht er sich wieder in Richtung Linda und presst seine Lippen aufeinander. Eine Mimik, die Linda noch nie an ihm gesehen hat und ihr verrät, wie schmerzhaft seine Gedanken in diesen Minuten sein müssen.

Das laute Klopfen an der Tür erscheint den beiden wie ein Hammerschlag auf eine Glasscheibe. Die Tür wird nach dem fünften Mal langsam geöffnet und zwei freudige Augen blinzeln in das sonnige Zimmer: „Wer hat Lust auf eine Margarita, bevor wir die Bestie stellen?" Linda, wie auch Frank drehen sich blitzartig um und reagieren im Duett: „Susie?!" Die füllige Frohnatur zeigt sich nun in ihrer ganzen Grösse und breitet die Arme weit aus: „Ihr habt doch nicht ernsthaft geglaubt, ich würde euch hier im Stich lassen! Einer für alle, alle für einen!" Und auf dem Weg, Linda zu umarmen, kneift sie den grossen Schauspieler in die Seite und zwinkert ihm zu: „Robin Hood wäre auch mal eine Rolle für dich! Du siehst bestimmt umwerfend aus in Strumpfhosen!" Die Umarmung mit Linda ist kurz und irritiert Susie. Sie sieht die beiden prüfend an: „Ookkaaay... Was geht hier vor? Ich habe Sensoren wie eine Klapperschlange und ich wittere Spannung! Er ist uns doch nicht entwischt??!!" Sie hält sich an Lindas Arm fest, als würde sie gleich umfallen: „Das kann nicht sein! Wir alle waren so schnell wie nur möglich hier und Leslie ist noch immer hinter Gitter, die kann ihn nicht gewarnt haben..." Sie kann ihren aufgebrachten Satz nicht beenden, da Frank sie mit einer Hand abwinkt.

„Alles gut, alles gut! Niemand ist uns entwischt! Wir sind gerade dabei aufzubrechen. Aber weisst du was, Susie? Margarita ist eine wunderbare Idee! Und dass DU hier bist, ist noch VIEL grossartiger! Lass dich drücken, sonst bin ich beleidigt, weil ich eh schon zweite Wahl bin!" Die beiden Freunde schliessen sich in die Arme und der starke Actionheld hebt die quirlige Susie etwas in die Luft. Sie gibt einen lauten Kreischton von sich und haut ihm auf die Schulter: „Runter mit mir, du Lustmolch! Ich bin doch kein Flittchen!" Als sie wieder auf ihren Füssen steht, streicht sie sich ihr Blumenkleid glatt und richtet sich ihre Brille an der Kette um den Hals: „Als wäre ich so leichte Beute! Pha! Und dumm dazu! Ich will jetzt auf der Stelle wissen, was hier los war, bevor mich Mister Universe verführen wollte!"

Kapitel 30

„Ist sie da drin?!", wütend schnauzt der Direktor die erschrockene Carmelíta an und späht an ihr vorbei in die Damengarderobe. Die mutige Carmelíta stellt sich Kaugummi kauend vor den kleinen Glatzkopf hin und erwidert: „Sí, Señor Director. Sie macht sich nur noch frisch für Sie und ist SOGLEICH bei Ihnen im Büro, wie Sie gewünscht haben." Sie gibt ihre Antwort so laut, dass kein Zweifel besteht, dass Rosa sie nicht hören kann. „Frisch machen? Wovon denn bitteschön frisch machen? Sie soll auf der Stelle..."

„Ich bin hier, Señor Director. Ich wollte eben zu Ihnen kommen." Die frisch geduschte, frisierte und gekleidete Physiotherapeutin steht nun direkt hinter der Krankenschwester, welche sich ein verschmitztes Grinsen nicht verkneifen kann: „Ja, wovon bloss frisch machen, Señorita... oh Señora, natürlich!" Sie macht eine Kaugummiblase und salutiert den beiden zum Abschied zu: „Ich muss zurück auf die Station. Meine Arbeit ist hier ja getan. Adiós und viel Glück!" Sie zwinkert Rosa zu und schlendert gemütlich den sterilen Korridor entlang.

„Lo siento mucho, mucho Señor Director! Das ist gar nicht meine Art und ich schäme mich aus tiefstem Herzen dafür! Bitte, lassen Sie mich erklären..." Die kleine, ehrliche und gerade äusserst verlegene Mexikanerin wird durch eine zackige Handbewegung des noch immer rot angelaufenen

117

Chefs unterbrochen: „Es interessiert mich einen Dreck, was Sie mir zu erklären haben! Wenn ich Sie in mein Büro rufen lasse, haben Sie gefälligst zu kommen! Auch wenn Sie einen halbtoten Patienten auf dem Tisch haben! ICH bin der Chef hier und ICH sage, wer, wann, was und wo macht! Haben Sie das verstanden?!" Sein vor Wut erfülltes Gesicht ist dem ihren so nahe, dass sie seinen unerträglichen Atem riecht und es ihr noch flaumiger im Magen wird, als es schon ist. Sie hält sich mit einer Hand am Türrahmen fest, was den kleinen, dicken Glatzkopf noch mehr in Rage bringt: „Ach so!? Ich langweile Sie also? Na dann bitte, lassen wir uns überraschen, was die Polizei dazu meint, solange auf Señorita warten zu müssen! Die sind nämlich schon eine ganze Weile in meinem Büro! Und ich garantiere Ihnen, sollte meine Institution wegen IHRER Unzuverlässigkeit in ein schlechtes Licht rücken, sorge ich dafür, dass Sie auf Lebzeiten keinen Job mehr in ganz Mexiko erhalten!" Er macht kehrt auf seinen Absätzen und geht erhobenen Hauptes durch den Korridor. Im Schlepptau folgt ihm eine eingeschüchterte

Physiotherapeutin mit gesenktem Kopf und hängenden Schultern.

***

Im grossräumigen Büro des Direktors sitzen zwei uniformierte Männer auf dem Ledersofa. Ein Mann in einem schwarzen Anzug steht am Fenster und blickt hinaus. Für den Bruchteil einer Sekunde denkt sich Rosa, dass dieses Zimmer ein viel geeigneterer Behandlungsraum sein könnte, als der, den sie zur Zeit nutzen darf. Dieser Gedanke löst sich mit einer Gestik des Mannes im Anzug auf. Er stellt sich vor sie hin und reicht ihr die Hand: „Bueños días, Señora! Es freut mich, Sie endlich persönlich kennen lernen zu dürfen. Señor Director hat mir nur Gutes über Sie berichtet! Ich möchte sogleich erwähnen, wie sehr wir es schätzen, dass Sie mit uns zusammenarbeiten und dies auf äusserst professionell verschwiegene Art." Er hält ihre Hand während der gesamten Zeit mit beiden Händen fest und drückt sie etwas bestimmter zusammen, bevor er von ihr loslässt.

Verwirrt und fragend sieht ihn Rosalía an und wagt ihre Frage kaum auszusprechen: „Wir arbeiten zusammen? Ich, ich verstehe nicht ganz..." Nicht zum ersten Mal verwirrt am heutigen Tag, sieht sie hilfesuchend zum Director, welcher sich gemütlich auf seinen Ledersessel am grossen Schreibtisch gesetzt hat. Wie auf frischer Tat ertappt, setzt er sogleich eine strahlende Miene auf und lacht erfreut: „Rosalía, meine gute Seele! Sie wissen doch! Das sind die Herren vom FBI!"

Kapitel 31

„Nun gut, setzt euch hin, dann erzähle ich, was passiert ist." Frank Conley setzt sich auf das Hängebett, stützt seine Unterarme auf die Oberschenkel und faltet seine Hände wie zum Gebet. Susie versteht noch immer nicht, worum es geht, ist jedoch folgsam und setzt sich neben Linda in einen Strohsessel. Beide Frauen blicken gespannt auf den Erzähler, welcher grosse Mühe hat, die richtigen Worte zu finden. Linda bemerkt seine aufgewühlte

Stimmung und will ihn nicht noch länger mit ihrer Neugier quälen: „Lass es gut sein, Frank! Das muss jetzt nicht sein! Es wird sich der passende Moment finden, wenn du das so möchtest." Sie erhebt sich aus dem Sessel und will an Frank vorbei zur Tür, als dieser sie an der Hand zurückhält: „Das ist seit Wochen der passendste Moment, Linda! Bitte, setz dich hin und hör mir zu. Ich glaube, du solltest alles über mich wissen."

Mit fragendem Blick setzt sich die Angesprochene wieder hin und sieht erwartungsvoll in die traurigen Augen ihres Lebensretters: „Es wird sich doch nichts ändern zwischen uns, Frank, wenn ich diese Geschichte höre, oder? Denn, wenn ja, bitte ich dich, sie mir nicht JETZT zu erzählen! Ich kann nicht noch mehr ertragen!" Tränen füllen ihre braunen Augen, doch sie wendet den Blick nicht ab von Conley.

Nach gefühlten Minuten haut sich die sonst aufgedrehte Susie auf die Schenkel, lehnt sich im Sessel nach vorne und blickt von der einen zur

anderen Person nebst ihr im Zimmer: „Halllooo?!...
Was zum Mexikaner geht hier vor? Seid ihr
übergeschnappt oder worum gehts hier, caramba!?
Ich erkenne euch nicht wieder! Was zur
Hühnerscheisse habe ich verpasst?!" Sie erhebt sich
etwas unbeholfen aus dem Korb: „Moderne
Hotelstühle!", und geht zu Frank: „Was hast du so
Schlimmes getan, dass sie jetzt weinen muss? Was
musst du ihr beichten?" Und an Linda gerichtet: „Was
könnte sich ändern zwischen euch? Wovor hast du
Angst? BITTE! Sagt mir, was los ist und hört auf,
euch und vor allem MICH anzuschweigen! Susie
kann das nicht ausstehen!" Sie fuchtelt unkontrolliert
mit ihren Händen in der Luft herum, als wolle sie
Mücken verjagen.

Frank senkt seinen Kopf und antwortet leise:
„Linda hat mich nach meiner verstorbenen Frau
gefragt und ich war dabei, ihr zu erzählen, wie sie
ums Leben gekommen ist." Susies rosafarbenes
Gesicht erblasst langsam und ihre Miene nimmt einen
traurigen Ausdruck an. Sie setzt sich neben Frank,
legt ihm den Arm auf die Schulter und spitzt die

Lippen: „Hm... verstehe... entschuldige meine unsensible Art... aber sag mein grosser Junge, warum JETZT? Warum möchtest du es gerade JETZT erzählen?"

„Weil ich ein Egoist bin und es schon immer war!" Frank Conley erhebt sich nun wütend vom Bett, geht auf Linda zu, kniet sich vor sie hin, nimmt ihre beiden zierlichen Hände in seine Grossen und sieht sie bittend an: „Bitte Linda...! Ich muss es dir erzählen können!"

Kapitel 32

Rosalía hört dem Mann im Anzug aufmerksam zu, setzt sich langsam auf den Lederstuhl hinter sich und legt beide Hände auf ihren Mund. Sie sieht erst zum Direktor, welcher seine Lippen spitzt und mit geschlossenen Augen nickt, dann wieder zum Agenten. Ihre Augen füllen sich langsam mit Tränen, bis die letzte keinen Platz mehr hat und langsam über ihre Wange kullert. Sie schluckt laut hörbar, wischt sich die erste und die drei nachfolgenden Tränen weg und sieht auf ihre nun verkrampften Hände in ihrem Schoss. Der dünne Mann im Anzug kniet sich vor der bestürzten Physiotherapeutin nieder, legt seine warme Hand auf ihre und sieht sie von unten fragend an: „Ich kann verstehen, dass diese Informationen sehr schockieren. Aber können Sie nun nachvollziehen, wie unglaublich wichtig es ist für uns, JEDES einzelne Detail von Ihnen zu erfahren?" Um seiner Aussage etwas mehr Kraft zu verleihen, drückt er Rosalías Hände sanft aber bestimmt zusammen. Sie nickt kaum merklich und zieht Luft durch ihre Nase ein. Sie entschuldigt sich, löst ihre Hände aus seinen und greift in die Tasche ihres Kittels. Sie zieht ein gerolltes Papier heraus, bemerkt, dass es nicht das erwartete Taschentuch ist und steckt es rasch zurück. Sie sieht ertappt in die Runde und nimmt langsam ein Taschentuch aus derselben Tasche.

„Ich kann Ihnen aber nicht mehr berichten, als ich das schon getan habe." Sie zupft nervös an ihrem Ärmel herum und blickt zu Boden. Sie legt den

124

Kopf leicht geneigt zur Seite und murmelt: „Er denkt, er sei ein Operationsassistent. Und aus irgendeinem Grund, den ich nicht in Worte fassen kann, glaube ich ihm. Ich bin überzeugt, dass er im Gesundheitswesen oder in der Pflege zu tun hatte. Er versteht nämlich unglaublich viel davon, dass man nicht nur aus Lehrbüchern wissen kann. Er hat praktische Erfahrung, ganz bestimmt."

Sie blickt nun direkt in die Augen des Agenten und fügt leise hinzu: „Englisch ist mit Sicherheit nicht seine Muttersprache. Aber das haben Sie bestimmt schon selber herausgefunden." Leicht beschämt über ihre Dummheit sieht sie wieder zu Boden und beisst sich auf die Lippen.

„Ist es nicht? Welche ist denn seine Muttersprache?" Der Agent sieht seine Kollegen im Raum kurz an und blickt interessiert zu Rosalía. „Wissen Sie, Señorita, die Sache ist die... Er spricht mit niemandem, ausser offenbar mit Ihnen!" Er öffnet seine Hände und hält sie ihr hin, als wolle er ihr etwas präsentieren. Überrascht blickt die nun erstaunte

125

Mexikanerin in die Runde: „Wie bitte? Das kann doch gar nicht sein! Das steht nirgends in seinen Unterlagen, dass er nicht spricht. Dass er nicht sehen kann ja, aber nicht sprechen? Das müssen Sie falsch verstanden haben! Was wäre seine Absicht?"

„Genau DAS wollen wir herausfinden, meine Gute."

Kapitel 33

Als Kenneth das Baumhaus betritt, sieht er irritiert von Person zu Person: „Was geht denn hier vor? Was ist passiert? Dad?" Sein Blick fixiert den Actionhelden, welcher mit angespannten Schultern, gefalteten Händen und Tränen in den Augen auf dem Hängebett sitzt. Er hebt seinen Kopf, blickt seinen überraschten Sohn an und antwortet: „Ich habe es ihnen erzählt..." Zu mehr Erklärung kommt er nicht, da Susie wie eine Furie aus ihrem Sessel aufspringt und mit schnellen Schritten auf ihn zugeht.

Sie bleibt vor ihm stehen und er ist sich nicht sicher, ob sie ihm nun eine verpassen oder ihn umarmen will. Da nichts dergleichen eintrifft, steht er langsam auf und blickt auf die kleine, runde Freundin hinunter. Diese macht einen weiteren Schritt näher zu ihm, blickt zu ihm hinauf, kneift ihre Augen zusammen, während ihr Zeigefinger bedrohlich nahe an sein Gesicht gelangt: „Jetzt hörst du mir genau zu, du grosser... grosser... Mann... du!" Sie zischt die Worte durch ihre dünn gepressten Lippen: „Nicht noch EINMAL, verstehst du, kein EINZIGES Mal mehr, will ich von dir einen solch stinkenden Bockmist hören! Ich mag Lügner nämlich nicht leiden! Nein, schlimmer noch, ich verachte sie! Ich meide und verbanne sie! Und Sie sind doch kein Lügner, nicht wahr Frank Conley? Sind Sie nicht, korrekt?" Ihre aufgebrachte Art wirkt sehr bedrohlich und Frank erkennt die sonst lustige und freudige Susie nicht wieder. Kaum merklich schüttelt er seinen Kopf und hebt seine Schultern: „Ich lüge leider nicht, Susie. Ich wünschte, es wäre so, aber...." Ihre kleine, runde Faust boxt ihn mitten in seinen Bauch und unterbricht ihn in seinem

Satz: „Du sollst nicht lügen, sage ich! Es war ein Unfall! Ein schrecklicher, furchtbarer, tragischer Unfall!" Nun umfassen ihre Arme Franks Hüfte und sie presst ihren Kopf an seinen Bauch: „Oh Frank, es tut mir ja so schrecklich, schrecklich leid! Was du durchmachen musstest, gönnt man dem schlimmsten Feind nicht! Aber, ich bitte dich, es war ein Unfall! Du trägst keine Schuld, du hast sie nicht getötet!"

Linda steht nun neben den beiden und legt ihre Hand auf Franks Arm: „Auch mir tut es leid Frank. Und ich fühle mich zutiefst geehrt, den Namen deiner ungeborenen Tochter tragen zu dürfen. Aber du gehst zu hart ins Gericht mit dir! Du hast getan, was du konntest, die beiden zu retten, du hast sie nicht umgebracht, es war ein schrecklicher Unfall! Dich trifft doch keine Schuld, dass dieser betrunkene Mistkerl unterwegs war, bitte Frank! Was hat das mit Egoismus zu tun! Ich habe noch nie einen solch selbstlosen, hilfsbereiten Menschen wie dich kennen gelernt! Sieh mich an! Ich wäre tot, verrottet und von den Tieren gefressen, wenn es dich und dein grosses Herz nicht gäbe! Und wenn du alles als

Wiedergutmachung tust, weil du deine beiden Lieben nicht mehr retten konntest, ja und? Dann bedanke ich mich für diesen neu erfundenen Egoismus!" Lindas Stimme wurde mit jedem Wort lauter und bestimmter, so dass Ken neben sie tritt und seine Hand auf ihre Schulter legt. Sie sieht vom Vater zum Sohn: „Ken, bitte, sag etwas! Wie kann er sich nur so quälen damit?"

Ken sieht seinen Vater traurig an. Dieser presst seine Lippen aufeinander, schliesst die Augen und flüstert in den Raum: „Was die Presse nicht weiss, und ich bis anhin verschwiegen habe... in jener Nacht war nicht nur EIN betrunkener Mistkerl am Steuer..."

Kapitel 34

Ausgepresst wie eine saure Zitrone lässt die kleine Physiotherapeutin ihren Körper auf die Holzbank hinter der Klinik fallen. Sie legt sich der Länge nach hin und blinzelt erst in die warmen

Sonnenstrahlen, bevor sie ihre Augen schliesst. Tausend Gedanken rasen ihr wild durch den Kopf und sie versucht mühevoll, sich auf einen davon zu konzentrieren: „In welch grosse, dampfende Scheisse bist du hier verwickelt, Señorita! Bin ich denn so offensichtlich eine Señorita? Meine GUTE! Als wäre ich ein unreifes Maiskorn, anstelle eines Popcorns. Verdammt nochmal! Ich BIN ein Popcorn und keine Señorita! Schon gar keine Gute! Ich kann auch böse sein! Jawohl! Und jetzt konzentrier dich, du böses Popcorn! Das bringt uns jetzt nichts! Klare Gedanken brauchen wir hier, einer nach dem anderen! Also, von Anfang an!" Sie hat noch immer ihre Augen geschlossen, hält ihre Hände in die Luft, als wolle sie jemandem den Weg weisen und spricht laut weiter: „Bob hat einen furchtbaren, furchtbaren, ohhh schrecklichen Unfall überlebt! Er kann nicht mehr sehen und nicht gehen. Er spricht jedoch nicht darüber... warum nicht? Er denkt, er sei ein Operationsassistent in New York gewesen, spricht aber Englisch mit Akzent. Der Psychiater Jeff meint, Ruffelus Tropfen könnten solche Nebeneffekte aufzeigen... Aber weshalb spricht er mit niemandem ausser mit mir? Und wer zum Geier hat das FBI ins Spiel gebracht? Und was war das heute? Stefano kam zur Tür herein, da habe ich eine Sekunde nicht auf Bob geachtet und bam!" Sie klatscht sich in die Hände, öffnet die Augen, springt in einem Satz von der Bank auf, als wäre sie von einer Tarantel gestochen worden und blickt entsetzt in die ihr vertrauten grünen Augen.

„Du hast gesagt: Nie mehr unterbrechen!" Simon hält beide Hände unschuldig vor seine muskulöse Brust und lächelt sie zärtlich an: „Wie geht es meiner Verführerin?" Er will sie in den Arm nehmen, doch sie hält ihn mit ausgestrecktem Arm davon ab: „Ich werde sterben!" Ist ihre kurze, atemlose Antwort. Schockiert bückt sich ihr Praktikant zu ihr hinunter: „Wie bitte?! Wie meinst du das, du wirst sterben?" Erneut versucht er, sie zu berühren, doch sie weicht ihm aus, setzt sich auf die Bank und holt tief Luft: „Ich werde deinetwegen sterben! Du bringst mich früher ins Grab, als ich geplant habe, Simon. Ich kann das nicht, ich habe mir das alles ganz anders vorgestellt, ich will das so nicht...." Sie schüttelt den Kopf, bevor sie ihn in beide Hände legt. Sie presst ihr Gesicht langsam zusammen und gibt ein grunzendes Geräusch von sich, hüpft wieder auf die Beine und schüttelt ihren ganzen Körper: „Ich drehe durch! Genau jetzt! Sieh her und lerne, wie ein Mensch von einer Sekunde auf die andere geisteskrank wird!"

Lachend klatscht sich Simon in die Hände und strahlt die kleine Mexikanerin freudig an: „Naja, von einer Sekunde auf die andere würde ich das in DEINEM Fall nicht diagnostizieren, Popcorn!" Es folgt ein erneuter Versuch, ihr näher zu kommen, welcher mit einem Schlag in seinen Bauch abgebrochen wird: „Wie lange stehst du schon hier?! Ich muss sterben!!!!" Theatralisch legt sich Rosalía wieder auf die Bank und verdeckt sich ihr Gesicht: „Warum ich? Dios mío! Warum ich? Ich war stets eine gute Katholikin, habe mich um andere gekümmert, fleissig studiert und gearbeitet, fluche verhältnismässig wenig, hatte nie unanständige

Männerbekanntschaften und nun diesen Schlamassel! Das habe ich einfach nicht verdient!"

„Wir haben alle so einiges nicht verdient, meine Schöne!" Konzentriert setzt sich Simon nun neben sie, legt seine Hand auf ihr Fussgelenk und ergänzt: „Aber ich habe es nicht verdient, als "Schlamassel" bezeichnet zu werden. Das lasse ich nicht gelten!" Er drückt ihren Knöchel sanft und blickt sie an: „Das war schön heute... wollte ich dir noch sagen, bevor du regelrecht geflohen bist... und dann habe ich dich nirgends mehr gefunden... Magst du mir erklären, was wirklich los ist?"

Kapitel 35

Die Stimmung im Auto ist unerträglich, so dass Tom das Wort ergreift: „Wem würde denn eine leckere Margarita jetzt gut tun? Susie, wolltest du die beiden nicht hierfür holen oder habe ich die fröhliche Runde wieder einmal verpasst?" Frank ergreift pflichtbewusst das weitere Wort: „Du hast nichts verpasst Tom. Tut mir leid, dass wir alle sehr gedämpfte Stimmung haben, ich musste den Damen die Wahrheit über Heather und Linda erzählen. Deshalb denke ich, eine Runde Margarita wäre gerade nicht sehr angepasst. Lass uns aufs Revier fahren und hören, was sie für uns haben. Was meinst du, Jasmin?" Sein ernster Blick mustert das verweinte Gesicht der Schweizerin und alle warten gespannt auf ihre Reaktion. Ihren Namen Jasmin hat sie von ihrem Retter nie mehr gehört, seit sie ihre Erinnerung auf dem Steg von Coney Island mit ihm geteilt hat. Sie blickt ihn lange an, bevor sie antwortet: „Ich teile deine Meinung, Frank, was die Drinks angeht, jedoch ändert sich nichts daran, dass es Jasmin nicht mehr gibt. Lass uns direkt aufs Revier fahren und mein Baby finden, bitte!" Sie schenkt ihm ein verzeihendes Lächeln und legt ihre kalte, zitternde Hand auf die seine und flüstert: „Ich werde niemals vergessen, was du für mich getan hast und noch immer tust! Aus welchen, für dich noch so egoistischen Gründen. Ich verdanke dir mein Leben und hoffentlich meine gesamte Zukunft mit meiner Tochter..."

„Ich, ich... ich hätte aber schon gerne was zu trinken, heilige Scheisse! Ehrlich! Bin ich mal wieder die Einzige, die diese dampfende Situation gerne mit einem Brand löscht und die Kehle desinfiziert?!" Susies aufgewecktes Wesen scheint auferstanden zu sein und sie sieht hilfesuchend Kenneth, den vernünftigen Sohn und Anwalt, an: „Ken, bitte, verhilf einer alten, hilflosen, unschuldigen Dame zu einem Drink! Du bist ein guter Junge, ich weiss, du lässt mich nicht nüchtern damit klarkommen, nur weil die beiden sich einig sind!" Sie hebt nun bedrohlich den Finger in den Wagenraum und sieht sich in der Runde um. „Sonst wird diese Katze gefährlich bei der Polizei, das wollt ihr doch nicht, oder? Bringt sie besser wieder zum Schnurren!"

Bevor der Angesprochene reagieren kann, klopft Tom dem Fahrer auf die Schulter und gibt auf Spanisch kurz Anweisung, welche er mit Handzeichen in Fahrtrichtung unterstützt. Dann dreht er seinen Kopf wieder zur Runde hinter sich und schüttelt den Kopf: „Was habt ihr nur ständig mit der Polizei und einem Revier? Wir fahren weder zum einen, noch zum anderen. Aber mir hört ja keiner richtig zu! Jetzt gibts erst mal was hinter die Binden. Miss Manders hat da schon recht, in dieser Stimmung kann ich euch da nicht hinbringen, die behalten euch alle zusammen gleich in dieser Klapse!" Mit hochgezogenen Augenbrauen kehrt er ihnen den Hinterkopf wieder zu und spricht zur Frontscheibe:

„Na schau sich jetzt einer diese überraschten Gesichter an!"

Kapitel 36

„Du weisst doch, Pablo ist tot.", schluchzt die kleine Mexikanerin leise, noch immer mit geschlossenen Augen. Simon rückt näher an sie heran und streicht ihr über das angezogene Bein. „Aber warum nimmt dich das so mit? Wer war denn dieser Pablo für dich?" Rosalía zieht ihre Beine noch näher an ihren Körper heran und umschliesst sie mit beiden Armen. „Pablo ist... Pablo war... der beste Buschauffeur, der jemals in Mexiko gefahren ist. Er war mein Freund, mein morgendlicher Begleiter, meine treue Seele, meine Klagemauer. Er war wie ein Vater für mich. Ein Vater, den ich nie hatte..." Langsam kullern ihr dicke Tränen aus den geröteten Augen und sie wischt sie verlegen mit dem Handrücken ab. „Ist schon gut, lass sie raus. Tränen sind die Reinigung der Seele, das ist gut! Was genau ist denn passiert? Mit Pablo? Woran ist er gestorben?"

Rosalía setzt sich auf, nun dicht neben Simon, als wolle sie bei ihm Schutz suchen. Sie berichtet von Pablos Verletzung, seiner zu späten Behandlung und seiner Blutvergiftung, welche ihm den Lebensgeist qualvoll nahm. „Ich war nicht da für ihn... zu spät... zu wenig energisch! Ich hätte ihn täglich genau ansehen sollen! Er hatte bestimmt grosse Schmerzen und ich dumme, dumme, dumme Kuh war mal wieder nur mit mir beschäftigt! Oh, was bin ich doch für eine Närrin! Als würden meine Träume in diesem Drecksloch in Erfüllung gehen! Aber Pablo! Ja, Pablo hat jeden auch so unrealistischen Traum von mir ernst genommen... Er hat MICH ernst genommen... Kannst du DAS glauben?" Sie lacht hysterisch und künstlich auf und legt ihren Kopf in den Nacken: „MICH ernst nehmen... Eine Zeitverschwendung für jede so ehrliche und treue Seele, wie die von Pablo eine war... Du solltest dich weit fern halten von mir, Simon! Ich bin eine Gefahr... Eine tödliche Gefahr!" Wieder fliessen Tränen über ihr zartes Gesicht, welche sie nun achtlos deren Weg suchen lässt.

Ehe sie die Augen öffnen kann, da ihr Zuhörer nichts erwidert, spürt sie seine warmen, weichen Lippen auf ihrem Hals. Zärtlich küssen sie den Hals entlang und sein Atem streichelt ihr über die Haut. Gänsehaut kitzelt sie am ganzen Körper, ihr Herz beginnt zu rasen und ihr Blut scheint in den Adern zu kochen. Sie kann ihren schnellen Puls spüren und weiss, dass ihn Simon an ihrem Hals fühlen kann. Sie wagt es nicht, sich zu bewegen und atmet tief aus, um eine drohende Ohnmacht zu vermeiden. Seine grosse Hand legt sich auf ihren Hals, gleitet über ihre Schulter, den Arm entlang bis zu ihrer Hand, umschliesst sie warm und beschützend. Er küsst ihre Tränen auf der Wange, ihre Nase und ganz sanft ihren Mund. Einen Hauch von Lippenberührung, eine zärtliche Nähe, die sie zum Glühen bringt. Sie öffnet ihren Mund und will den Kuss erwidern, da hört sie seine sanfte Stimme, weit in der Ferne flüstern: „Was wollte denn die Polizei von dir?"

Kapitel 37

Die eben noch so angespannte Stimmung beginnt sich in dem kleinen mexikanischen Lokal langsam zu lösen. Nachdem Frank die Selfie Attacke der anderen Gäste hinter sich gebracht hat, setzt er sich mit einem Lächeln neben seinen Sohn, fasst seinen Nacken und drückt ihn: „Siehst du mein Junge, dein alter Herr ist noch nicht zu alt für die richtigen Fans!" Und zu Tom gerichtet: „Hey Tom, die warten jetzt auf einen Film in Mexiko!" Lachend sieht er Susie an und zwinkert ihr zu: „Na meine Süsse, wie wäre es denn mit einer Nebenrolle? Dann lassen wir den eigenartigen Nachtbruder auch die

Tagesschicht übernehmen!" Er lehnt sich auf den Tisch und legt seine Hand auf das Margaritaglas vor sich.

Die fröhliche Empfangsdame vom Coney Island Krankenhaus nippt zufrieden an ihrem Glas, stellt es wie einen goldenen Kelch auf den Tisch und streicht sich filmreif eine imaginäre Haarsträhne aus dem Gesicht: „Ich weiss, ich weiss, Hollywood wartet schon lange auf dieses grosse Stück pure Erotik... Doch leider muss ich euch alle enttäuschen. Dieser Stern bleibt an einem anderen Himmel. Das Coney Island braucht mich umso mehr. Susie hat den Riecher, versteht ihr, das gewisse Etwas! Die erkennt und sieht Dinge, die sonst keiner tut! Ich bin jetzt eine unentbehrliche Mitarbeiterin geworden. Oder was denkt ihr, weshalb kann ich einfach so mal husch nach Mexiko reisen? Ich weiss Dinge, die unser oberstes Gremium ohne mich niemals erfahren würde... und natürlich auch nicht wird... Das wissen sie nur noch nicht... Aber was ich eigentlich sagen will, wenn mich der Margarita nicht ständig unterbrechen würde...", sie nimmt einen weiteren

Schluck aus ihrem Glas und blickt Linda an: „Ich liebe meinen Job und in den letzten Monaten wurde mir wieder bewusst, wie wichtig er ist." Und an Frank und Tom gewandt: „Ihr zieht nur brav euer Ding ohne mich weiter durch! Die eine Geschichte auf dem Flughafen hat mir gereicht! Diese normale Person hier zeigt sich auch gerne mal ungeschminkt und im Bademantel vor der Haustür. Ich bin der amerikanische Traum eines jeden Mannes, versteht ihr? Das ist pures Kopfkino hier, das gehört in die reale Welt!" Sie lässt ihren Zeigefinger auf sich richten, zwinkert und schnalzt mit der Zunge.

Linda lächelt ihre neue Freundin an: „Wie recht du hast, Susan Manders! Was wäre das Coney Island ohne dich! Und wo wäre ich bloss ohne dich! Danke!" Sie erhebt das Glas, um in der Runde anzustossen. Alle tun es ihr gleich und Kenneth spricht einen Toast aus: „Auf die wahren Helden dieser Geschichte und in der realen Welt! Auf die Freundschaft an diesem Tisch! Auf Mirjam!" Sie stossen gemeinsam an. „Auf Mirjam!", spricht Frank laut nach, nimmt einen grossen Schluck aus seinem

Glas, stellt es geräuschvoll auf den Tisch zurück und blickt direkt in Lindas Augen: „Wie fühlst du dich? Hast du Angst?" Linda stellt ihr Glas ebenfalls auf den Tisch zurück und erwidert seinen Blick: „Ich fürchte mich zu Tode, Frank! Was, wenn sie nicht mehr lebt! Sie war... ist eine Frühgeburt...! Was, wenn ich Roberto begegne? Nichts ist, wie es einmal war... ICH bin nicht mehr die, die ich einst war..." Frank legt seine warme Hand auf ihre und sieht sie verständnisvoll an: „Ich kann dich sehr gut verstehen... Aber weisst du, Angst ist gut... Angst kann sehr hilfreich sein... Sie macht dich wachsam und bereitet dich vor. Und wenn Mirjam nur schon die Hälfte deiner Gene hat, ist sie ebenfalls eine Kämpfernatur und ich bin mir so sicher, dass wir deine Kleine mit auf unseren Heimweg nehmen werden!"

Kapitel 38

Wütend und enttäuscht stampft Rosalía den langen, sterilen Korridor im Untergeschoss entlang:

„Ignoranter Bastard! Was bildet der sich eigentlich ein? Pha, umwerfend gut aussehen reicht hier nicht, amigo! Schliesslich bist du nicht Zorro! Oder, oder Connor MacLeod... ja DIE wüssten bestimmt, wie man eine Dame behandelt und beschützt. Wo sind die guten Helden bloss geblieben? Gibt es wirklich nur noch diese Möchtegerncoolen, die aber nichts hinter der Fassade haben als unbegrenzte Eigenliebe? Mir wird schlecht..." Sie stützt sich mit einer Hand an der Wand ab und schliesst kurz die Augen. Das Licht im Flur beginnt zu flackern und sie spürt einen kühlen Luftzug. Sie blinzelt und sieht sich im Flur um: „Simon?... Hallo?... Pablo? Bist du das?" Das Licht flackert noch immer und als würde jemand mit einer Tür Luftzufuhr geben, spürt sie erneut eine Brise: „Kann das denn sein? Pablo... Ich komme dich jetzt besuchen... Oder was von dir noch auf dieser Erde ist..." Sie kramt in ihrer Kitteltasche und entnimmt ein Stück Papier. Sie entfaltet es und liest die Nummer darauf laut vor und blickt die Zimmernummer vor sich an. „Du bist nicht weit weg...", spricht sie ebenfalls laut aus, während sie an den Türen vorbeigeht. Vor der geschlossenen Tür mit derselben Nummer, wie auf ihrem Zettel bleibt sie stehen, atmet tief ein und drückt den Eingang zur Totenwache auf.

***

Mit verheulten Augen kommt Rosalía nach einem langen Abschied wieder heraus und bleibt stehen. Sie legt ihre flache Hand auf die geschlossene Tür und nickt selbstbewusst. Sie strafft ihren Rücken, hebt die Brust an und geht mit erhobenem Haupt und fest entschlossenen Schritten durch den Korridor. Sie ballt ihre Hände zu Fäusten, streckt ihre Arme durch und zischt durch ihre vollen Lippen: „Jetzt ist Schluss mit Schlamassel, Chaos und Trauer... Caramba! Das wäre ja gelacht, wenn ich das nicht hinkriege!" Sie schlägt mit der Faust an die Wand und tröstet sich sogleich mit der anderen Hand: „Nein, nicht mit Gewalt, aber mit Zuversicht und Respekt! Wieviele Menschen gibt es auf dieser Welt? 7 Milliarden? 8? Soll sich jemand anderes verloren fühlen auf diesem Planeten! ...Nein, Rosalía, so wurdest du nicht erzogen... NIEMAND sollte sich mies fühlen! Schon gar nicht verloren... Sowas darf man nicht sagen, geschweige denn denken! Du kümmerst dich jetzt um alle offenen Angelegenheiten, schliesst ab, was abgeschlossen werden MUSS und wagst endlich den nächsten Schritt!"

Sie wischt sich die letzten Tränen für sehr lange Zeit, so ihr persönlicher Schwur an sich selber, aus dem Gesicht und putzt sich geräuschvoll die kleine Mexikanernase. Sie will schon die Tür zur Feuertreppe nehmen, da hält sie kurz inne: „Pfff!! Scheiss auf die Fitness heute! Heute ist Ruhetag, nicht wahr Pablo?" Ihre Füsse drehen sich um 180 Grad und durchqueren den Flur. Dann drückt sie die Taste für den Aufzug, als hätte ihr Finger dieses Erlebnis zum allerersten Mal. Sie lässt sich vom holperigen Fahrstuhl in die vierte Etage fahren und denkt dieses eine Mal leise: ‚Hier drin würde dich niemand belauschen können...'

Kapitel 39

„Ach zum heiligen, durchgeknallten Professor!!! Falls du noch nicht verrückt bist, wenn du hierhergebracht wirst, wirst du es hier bestimmt sehr schnell! Wie ist das überhaupt möglich, dass sowas erlaubt ist!" Mit beiden Händen auf den Wangen und weit aufgerissenen Augen sieht Susie entsetzt aus dem Auto. Linda hat ebenfalls einen überraschten Gesichtsausdruck und die drei Herren der Schöpfung blicken sprachlos auf das schäbige Gebäude vor ihnen. „Bist du sicher, dass wir hier richtig sind, Tom? Wir müssen uns in der Adresse geirrt haben... Das kann doch nicht sein...", findet Frank seine Worte wieder. Tom blickt auf den Rücksitz und nickt: „Tut mir leid, Freunde, das ist es! Willkommen in Mexiko!"

Der Fahrer lässt seine Gäste aus der Nobelkiste aussteigen und Tom gibt ihm erneut Anweisungen. „Wir nehmen den Hintereingang, dies sei besser, meint der Fahrer, und der Institutionsleiter erwartet uns bereits. So wenig Aufsehen wie möglich, versteht sich. Geldgieriger Bastard!" Tom schüttelt den Kopf, während er in Richtung Gebäude geht. Linda hält ihn am Arm fest: „Wie meinst du das? Was hat das hier mit Geld zu tun?"

„Hier dreht sich ALLES nur um das liebe Geld! Jeder will es haben, aber nicht viel dafür tun! Wir bezahlen den Director dieser Irrenanstalt, damit er uns alle Informationen gibt und das ohne die hiesige Polizei zu informieren. Obwohl ich diesem kleinen Schmierfink irgendwie nicht traue..." Tom kneift die Augen zu kleinen Schlitzen zusammen und sieht am Gebäude entlang hoch. „Er sagte zwar 'no policía, prometido'... jedoch sein Grinsen war selbst am Telefon zu hören..."

Unbemerkt können sie die Tür am Hintereingang öffnen und Tom schüttelt den Kopf: „Stellt euch solche Sicherheitsmassnahmen bei uns vor!" Linda, Susie und Kenneth folgen ihm dicht auf den Fersen. Frank beobachtet erst die Umgebung, blickt noch einmal auf den Parkplatz, als wäre er in einem seiner Filme auf dem Set, bloss, dass keine Kameras auf ihn gerichtet sind. Bevor er ebenfalls

147

einen Fuss in das Gebäude setzt, sieht er im Blickwinkel einen Angestellten der Psychiatrie. Zumindest schliesst er dies aus der weissen Pflegebekleidung des grossen Mannes. Er wartet die Reaktion des Pflegers ab und blickt ihm kurz ins Gesicht. Rasch dreht sich dieser um, winkt mit der Hand ab, als hätte er etwas vergessen und geht in Richtung Parkplatz. Conleys Stirn setzt sich in Falten, während er dem Kittelträger nachsieht.

„Dad? Kommst du?", hört er Kens Stimme von drinnen und wird aus seiner Beobachtung gerissen. Noch wirft er einen abschliessenden Blick auf die Gestalt im Freien, bevor er ebenfalls den anderen ins Innere folgt: „Ich komme!" Als er neben seinem Sohn hergeht, fragt ihn dieser: „Alles ok bei dir, Dad?"

„Alles ok bei mir. Ich dachte nur, da wäre jemand draussen, der mir irgendwie bekannt vorkam."

Kapitel 40

„Na, wen haben wir denn hier? Holà, du Verrückte! Hast du dich verirrt? Ist es denn schon soweit, dass du nicht mehr weisst, wo DEINE Abteilung ist? Sie befinden sich hier in der vierten Etage, das ist die Krankenabteilung... Für zusätzlich körperliche Beeinträchtigungen, nebst den Geistigen. Sie, meine junge Durchgeknallte, sollten ein Stockwerk höher, in die GESCHLOSSENE Abteilung!" Carmelíta betont diese Silben lauter und deutlicher als ihr restliches Gelaber. Sie blickt Rosalía mit hochgezogenen Augenbrauen an, kaut geräuschvoll wie immer auf ihrem Kaugummi und stemmt beide Hände in die schlanke Taille: „Raus mit der Sprache, was willst du hier?" Rosalía lässt sich nicht einschüchtern und geht an der aufdringlichen Krankenschwester vorbei. Sie kann es aber nicht lassen und schubst sie dabei leicht an der Schulter. Diese Geste überrascht Carmelíta offensichtlich sehr und sie wirft theatralisch ihre Arme in die Luft: „Ahja natürlich!! Kaum haben wir den Frauenschwarm abgeschleppt, sind wir plötzlich mutig! Das passt

149

nicht zu dir! Verstanden? Das ist nicht deine Liga, Cucaracha!"

Kopfschüttelnd geht die Physiotherapeutin weiter den Flur entlang und winkt mit einer Hand über dem Kopf ab: „In der Tat, das ist eher DEINE Liga! Ich habe Besseres zu tun!" Obschon sie eigentlich auf Carmelítas Hilfe angewiesen wäre, um das richtige Zimmer zu finden, versucht sie, cool weiterzugehen und hofft, bald jemanden anzutreffen, der ihr ebenso aushelfen kann. Als hätte die streitsüchtige Giftschlange diese Gedanken gehört, vernimmt Rosa deren Stimme: „Du weisst doch gar nicht, in welchem Zimmer er ist!" Kaum hat sie ihren Satz beendet, bleibt Rosalía stehen: „Und wirst du mir helfen, das Richtige zu finden?", erwidert sie, ohne sich umzudrehen. Sie hört die langsamen Schritte der Krankenschwester in ihre Richtung kommen. Langsam geht Carmelíta um Rosalía herum und bleibt dicht vor ihr stehen. Der süsse Geruch ihres Kaugummis liegt wie ein zarter Schleier zwischen ihnen und ihre Blicke fixieren sich.

„Ich zeige dir, wo dein Lieblingspatient liegt und du überlässt mir Simon! Du erzählst mir alles von

ihm, was ich wissen muss und hältst dich fern!"
Rosalía muss sich ein breites Schmunzeln verkneifen
und nickt ernsthaft: „Nun gut...wie du willst, diesen
Deal muss ich wohl eingehen...Das wird nicht
einfach...Aber hey, eigentlich passt er ja auch VIEL
besser zu dir, nicht wahr? Gut aussehend, intelligent,
schlau, verführerisch, ehrgeizig und erfolgreich! Ein
männliches Ebenbild von dir! Das wäre eh nicht lange
gut gegangen mit mir...einer kleinen, grauen Maus...!"
Offensichtlich erfreut über diese Erkenntnis und das
Einverständnis, beginnt Carmelítas Gesicht zu
strahlen und sie legt ihre knochige Hand auf Rosalías
Schulter: „Na, na, nicht ganz so hart ins Gericht
gehen, Cucaracha...Du findest schon noch dein
passendes Stück... Zimmer 5... Aber nicht gleich über
ihn herfallen, er ist eben wieder zu sich gekommen!"

Kapitel 41

„Señor Conley! Es ist mir eine grosse Ehre
und Freude, Sie hier bei uns begrüssen zu dürfen!
Bitte, nehmen Sie doch Platz! Und auch Ihre
Freunde, bienvenido a mexico! Was darf ich Ihnen zu

trinken anbieten? Einen Kaffee? Tee? Einen Tequila?" Der aufgeregte Direktor wirbelt um Frank, wie auch um seine eigene Achse herum und atmet kaum neue Luft zwischen seinen Sätzen ein. Frank sieht mit hochgezogenen Augenbrauen auf den kleinen Glatzkopf hinunter, sieht Tom kopfschüttelnd an und bietet Linda und Susie je einen Platz auf dem ledernen Sofa an: „Ladies first... Zumindest hat man mir das so in Schottland in meinen Kinderjahren schon beigebracht. Andere Länder, andere Sitten, nicht wahr?" Schmunzelnd wartet er die verlegene Reaktion des kleinen Dicken ab, bevor er sich gemütlich neben Linda setzt.

„Oh natürlich, bitte entschuldigen Sie meine Damen! Por favor disculpe!" Er fasst sich mit der rechten Hand an die Brust und senkt seinen Kopf, als würde er sogleich zum Ritter geschlagen werden. „Wir sind es uns nicht gewohnt, solche Persönlichkeiten im Haus zu haben. Das, das bringt mich etwas durcheinander. Wäre es sehr unangebracht, Sie um ein Autogramm oder ein Foto zu bitten, Señor Conley?" Verlegen sieht er erst Linda, dann Frank an.

„Wissen Sie was? Das ist eine grossartige Idee! Sobald wir besprochen haben, wie wir weiterfahren hier und was Sie für uns haben, können wir mit entspannten Gesichtszügen wunderbare Fotos machen!" Frank stützt sich mit beiden Armen auf seinen Beinen ab, massiert sich die Hände und blickt den kleinen Mann ernst an: „Wie ich sehe, haben Sie Ihr Versprechen eingehalten und die Polizei nicht über unsere Ankunft informiert... Dem ist doch so, Señor Director?" Der Angesprochene nickt eifrig und geht mit kleinen Schritten zu seinem Schreibtisch. Er nimmt eine Akte vom Tisch und will sie Frank bringen. Dieser winkt jedoch gleich ab und zeigt mit offener Hand auf seinen Sohn Kenneth: „Bitte, darf ich vorstellen, Kenneth Conley, mein Sohn und Anwalt." Sichtlich erstaunt blickt ihn der Institutionsleiter an, reicht Ken die feuchte Hand zum Gruss und zeitgleich die Akte. Ken erwidert höflich die Begrüssung und nimmt das ausgehändigte Bündel Papier entgegen.

„Könnte ich bitte doch ein Glas Wasser haben?", meldet sich Linda an den Direktor gewandt. „Mein Mund ist ganz trocken, vielleicht liegt es an der

Hitze, tut mir leid." Sie zeigt mit den Fingern auf ihren Mund, als müsse sie ihren Satz veranschaulichen.

„Aber natürlich, Señora!" Hastig greift der kleine Mexikaner nach der Wasserflasche auf seinem Tisch und einem Glas daneben. Mit beidem in den Händen geht er durch den Raum zu ihr. Frank nimmt ihm beides ab und füllt das Glas, bevor er es Linda reicht.

„Sind Sie... also, ich meine... suchen SIE jemanden hier?", richtet der noch immer sehr nervös wirkende Gastgeber seine Frage an Linda. Während sie die wohltuende Flüssigkeit ihren Mund und die Kehle wiederbeleben lässt, schliesst sie die Augen und nickt. Kaum hat sie den letzten Schluck beendet, nimmt sie das Glas in beide zitternden Hände und blickt ihn traurig an: „Ja, das bin ich...nur...Ich suche nicht nur JEMANDEN..."

Kapitel 42

„Worauf wartest du, Rosa? Du kennst ihn doch!" Die junge Frau geht vor der Tür mit der Nummer 5 hin und her. Sie kaut auf ihren Nagelhäutchen nervös herum und wirft ab und zu einen Blick in den Flur, um keinesfalls von Carmelíta dabei erwischt zu werden. „Komm schon, was ist schon dabei? Du besuchst ja nur einen Patienten... Erkundigst dich, wie es ihm geht... und woher er kommt und was er hier eigentlich macht.....und weshalb er mit niemandem ausser dir spricht ... und ahh ja klar... ob er auf der Flucht ist, weil er jemanden getötet hat??!!..." Noch aufgebrachter als vor einer Minute, zappelt sie um ihre eigene Achse und beisst sich in die Hand. „Autsch!!"... das war schmerzhafter, als erwartet: „So, Schluss, du verrücktes Weib! Erledige deinen Job und hör auf, ein Weichei zu sein! Was hast du dir eben bei Pablo geschworen? Simon bist du ja bereits losgeworden... tsss... Sollen sie doch glücklich werden zusammen! Viele süsse kleine Babys bekommen, sich über dich lustig machen, weil du ja ausser verrückten Selbstgesprächen nichts gebacken kriegst und noch immer in diesem muffigen kleinen Appartement wohnst... in MEXIKO!" Theatralisch, wie ihre gesamte Selbstinszenierung, wirft sie beide Hände über den Kopf und legt sie dann ruhend darauf nieder.

„Rosalía?"

155

Erschreckt, ihren Namen zu hören, sieht sie sich um. Doch nirgends ist jemand zu sehen. „Ach du heilige Mutter Gottes!" Entsetzt legt sie sich beide Hände auf den Mund und flüstert leise durch die Finger: „Hallo? Pablo? Bist du das?" Rosa wagt es kaum, doch sie blickt erneut den Flur auf und ab, dann hebt sie ihr Gesicht langsam in Richtung Decke.

„Rosalía!", erklingt es erneut dumpf und doch klar verständlich. „Rosalía, bitte!" Die Männerstimme scheint sehr nahe zu sein und Rosalías Hände beginnen zu zittern. „Ich, ich bin hier! Wo bist du?" Kleine Schweissperlen drücken sich aus ihren Poren und sie knöpft sich den weissen Kittel auf.

„Ich bin hier drin! Im Zimmer! Rosalía bitte, schnell!"

Es scheint, als könne man ihr innerliches Entsetzen in der gesamten Umgebung fühlen, wie einen eiskalten Schauerregen, der erbarmungslos auf sie niederprallt. Ihre Haut wird noch blasser und ihr Mund öffnet sich langsam: „Ich bin am Überschnappen... mir gehts nicht gut... gar nicht gut geht es mir... hilf mir! Wenn es einen Gott gibt, wenn es dich wirklich gibt, bitte, hilf mir JETZT!" Sie schliesst die Augen, als würde dies helfen, eine klare Fassung zu erlangen! Und in der Tat, sie atmet tief durch und ein Blitzgedanke bedankt sich bei der Yogaklasse. Sie stützt sich mit einer Hand an der Tür ab und mit der anderen fasst sie sich an den Brustkorb. Erneut vernimmt sie die tiefe und klare Männerstimme: „Rosalía? Ich bin hier drin! Ich kann Sie doch hören, verdammt nochmal! Warum helfen Sie mir nicht?"

Wie vom Blitz getroffen reisst Rosa ihre Augen auf und blickt die von ihr berührte Tür an: „Bob? Oh du dumme, dumme, irre Kuh! BOB!" Ruckartig und ohne weiteren Gedanken öffnet sie die Tür und betritt den Raum, der einer stockdunklen Nacht gleichkommt.

Kapitel 43

Kenneth Conley, der junge Anwalt und Professor, blättert behutsam und konzentriert in der Akte. Die Luft im geräumigen Büro des Direktors der psychiatrischen Klinik ist zum Schneiden dick. Die angespannten und erschöpften Gesichter sehen sich gegenseitig an, um weiterhin Hoffnung zu schöpfen und zu schenken. Frank bemerkt am Gesichtsausdruck von Susie, dass es ihr sehr schwer fällt, ruhig zu bleiben und zu warten. Er zwinkert ihr schelmisch zu, als wolle er ihr die verbleibende Wartezeit verkürzen. Sie fasst dies jedoch als Zuspruch auf, diese erdrückende Stille zu unterbrechen: „Sagen Sie, Señor", wobei sie diese Höflichkeitsfloskel in einem sarkastischen Ton ausspricht, „von wem wird denn Ihr Institut... besser gesagt, Ihre Klinik hier finanziert?" Während sie diese Frage stellt, erhebt sie sich vom Sofa und geht zum Fenster.

„Wie meinen Sie das, Señora Conley?" Kaum hat er diese Gegenfrage an sie gerichtet, pustet sie laut los: „Oh nein, nein, glauben Sie mir, wenn ich Señora Conley...", doch sie wird sogleich von Frank mit einem schelmischen Lächeln auf dem Gesicht unterbrochen: „Señora spricht nicht gerne über unseren Status, wenn Sie verstehen... In Amerika ist das viel zu kompliziert... Aber bitte mein

Honigkuchen, erkläre doch dem netten Señor Director, was dich genau interessiert."

Kichernd fährt Susie fort: „Ich wollte wissen, wer das hier alles bezahlt! Die Patienten? Der Staat? Private Gönner? Wer bezahlt zum Bespiel Ihren Lohn?" Sie zeichnet mit ihrem Zeigefinger erst Kreise in den Raum, dann zeigt sie direkt auf den kleinen Mexikaner mit Glatze vor sich. Der Direktor blickt erst Susie, dann leicht irritiert Frank an. Dieser hebt seine Schultern, als könne er ihm auch nicht weiterhelfen. Leicht verlegen und mit rot angelaufenem Gesicht macht der Direktor einen Schritt weg von Susie und räuspert sich, ehe er es mit einer Antwort versucht: „Na wissen Sie, Señora, hier in Mexiko muss man sehen, wie man eine solch etablierte Klinik auf dem besten Stand halten kann. Das geht nicht ohne sehr gute Kontakte. Ich bin ein engagierter Mann und habe ein sehr grosses Netzwerk, welches ich ausgesprochen gewählt und sorgfältig pflege." Stolz wie ein Pfadfinder mit seinem ersten Abzeichen, sieht er sich im Raum um, wer ihm denn sonst noch Gehör schenkt. Als er enttäuscht feststellt, dass er lediglich von der rundlichen Dame mit neugierigem Blick

159

wahrgenommen wird, faltet er die Hände vor seinem dicken Bauch zusammen und richtet das Wort an Tom: „Sie, Señor, wissen doch sicherlich genau, was ich damit sagen will!" Der Manager und Agent hebt seine Arme und Schultern, als hätte er keine Ahnung, worum es geht und steckt beide Hände in seine Hosentaschen, ohne eine Antwort zu geben.

„Aber ICH weiss, wovon Sie sprechen, Señor Director!" Ken, welcher die Akte offenbar gründlich angesehen hat, geht auf den kleinen Mexikaner zu, gibt ihm die Papiere zurück und bleibt breitbeinig, mit verschränkten Armen dicht vor ihm stehen.

Einzig sein Zeigefinger erhebt sich und weist auf die Papiere: „Sie wissen schon, dass Sie beim FBI keine Chance haben, DAMIT spurlos durchzukommen!"

Kapitel 44

„Rosalía? Sind Sie hier? Hallo?... Bitte, helfen Sie mir!" Die flehende Stimme von Bob ist klar und deutlich im dunklen Krankenzimmer zu erkennen.

Rosas Herz schlägt so laut in ihrem Brustkorb, dass sie ein Gefühl von Zerplatzen bekommt! Ihre Halsschlagader stimmt nun mit ein, pulsiert wild, ihr Mund wird trocken und das Schlucken wird zu einer anatomischen Herausforderung. Ihre Hand sucht nach dem Lichtschalter, welchen sie nun langsam in die entgegengesetzte Richtung klappt. Ihre Augen werden wie vom Blitz geblendet und sie benötigt einige Blinzelbewegungen, um sich an das grelle Licht zu gewöhnen. Sie nimmt ihre Hände zu Hilfe und versucht den krassen Übergang ins Helle somit etwas zu dämpfen. Langsam kann sie die Umgebung wahrnehmen und ihre Augen wandern in die Richtung, aus welcher Bobs Stimme eben ertönte. Ihr stockt erst der Atem, dann verdeckt sie mit den Händen ihren Mund, als wollte sie ein unkontrolliertes Schreien unterdrücken.

„Aber, aber... was ist denn??... Das gibts doch nicht! Was soll dieser Mist?!" Schnell geht sie auf das Bett in der Ecke zu und bleibt ruckartig daneben stehen: „Ich bin da! Bob, Ich bin da!" Diese Worte kommen mit schweren Atemzügen aus der Kehle, als hätte sie eben einen Sprint hingelegt.

„Aber... Ich verstehe nicht... Bob, was ist hier los? Was haben die mit Ihnen gemacht? Was haben SIE gemacht?"

Mit hektischen Handbewegungen und dennoch behutsam, hebt sie den schweren Kopf des Patienten hoch und befreit seine Augen von der Binde. Sogleich beginnen diese zu blinzeln und versuchen im grellen Licht standhaft zu bleiben. Die Pupillen versuchen zu fokussieren und die Iris gibt ihr Bestes um Unterstützung zu bieten. Rosalías Hände werden nun ebenfalls behilflich, indem sie etwas Schatten bieten. Kaum haben sich die tanzenden blauen Augen beruhigt, legt die noch immer besorgte Physiotherapeutin beide Hände auf die am Bett Festgebundenen des Patienten. „Bob, ich kann Sie doch losbinden hier? Sie machen mir keine Dummheiten, comprendes? Ich habe heute echt schon zuviel Unglaubwürdiges am Hals..."

„Rosalía, ich tu Ihnen doch nichts!", antwortet Bob verzweifelt. „Ich habe doch nur Sie! Helfen Sie mir! Bitte!"

Die erneute, echte Verzweiflung in seiner Stimme überzeugt den Engel in Weiss, die Handfesseln zu lösen. Erst die eine, dann geht sie ums Bett herum, um die andere ebenso zu öffnen. Da bemerkt sie etwas unter dem Laken.

„Aber, was ist denn...?"

Kapitel 45

„FBI? Was sollte das FBI von mir wollen? Wir sind hier in Mexiko! Uns interessiert die Meinung von Ihrem F...B...I...nicht, Señor Anwalt!" Die Stimme des kleinen Direktors ist schlagartig weder höflich, noch zuvorkommend. Sein stechender Blick weicht nicht von Ken, als er die Silben laut und sarkastisch betont. Dieser lässt sich dadurch jedoch keineswegs aus der Fassung bringen und richtet sein Wort an Linda und Frank: „Simon ist hier!" Linda steht mit einem Satz auf und will in Richtung Tür, als sie von Frank zurückgehalten wird: „Warte, warte, ich will erst alles hören." Er blickt Ken wieder an: „Und weiter?"

Doch bevor dieser antworten kann, fällt ihm der Mexikaner ins Wort: „Ich will zuerst wissen, ob das reibungslos für MICH und natürlich für mein Institut über die Bühne geht! Wie besprochen, kein Aufsehen, keine Polizei, kein Fernsehen! Und natürlich die abgemachte Bezahlung!?" Fragend blickt er zu Tom, während er die Hände schützend auf die Akte legt, als wäre diese der heilige Gral. Tom blickt Ken an, nickt ihm fragend zu: „Ist dieser Wisch denn überhaupt etwas wert?"

„Keinen Peso!.. Was sag ich da, keinen Centavo!", gibt der junge Anwalt aus New York zur Antwort. „Und doch sind wir keine Unmenschen und könnten uns überlegen, etwas springen zu lassen für den Hinweis, dass Simon und Mirjam hier sind...." Sein Blick wandert von seinen Vater zu Linda. Diese wird schlagartig kreidebleich, schluckt leer und versucht ihre Sprache wieder zu finden: „Mirjam auch?", fragt sie langsam, kaum hörbar leise. „Steht auch etwas von Roberto darin?"

Alle Augen sind nun gespannt auf Ken gerichtet, welcher überraschenderweise seine Schultern anhebt: „Ich kann es nicht sagen.

Namentlich ist er zumindest nicht erwähnt. Da... Da gab es offenbar einen Unfall, in welchen Simon verwickelt war...und..."

„Ein Unfall?!" Franks Erstaunen spricht für alle aus seiner Gefolgschaft und er fügt hinzu: „Was hat das mit seiner Bewerbung hier zu tun? Das ergibt doch keinen Sinn!"

„Leider ergibt ausschliesslich DAS Sinn, Dad!" Ken blickt traurig Linda an, bevor er weiterspricht: „Weil er so die... Seine angenommene Vaterschaft von Mirjam erklärt..."

Kapitel 46

Betrachtend hält Rosalía das Paket in ihren Händen und legt es vorsichtig auf das Bett zurück. „Was ist da? Was haben Sie gesehen? Was war unter der Decke? Rosalía?" Aufgeregt stellt der noch immer gefesselte Patient eine Frage nach der anderen. Die Physiotherapeutin beendet ihre Runde um das Gestell und löst ebenfalls die zweite Bandage am Handgelenk. „Ein Paket, Bob, es ist ein Paket."

Sie nimmt dieses erneut in ihre Hände und setzt sich am Fussende auf das Bett. Bob knetet seine Handgelenke und reibt sich die Stirn. „Sie müssen mir helfen Rosa, mir wird Unrecht getan!"

Die erschöpfte Mexikanerin blickt langsam in Bobs verletzte Augen und sagt: „Dann sind wir ja schon zu zweit im Himmel der ungerecht Behandelten!" Sie legt das Paket in die Mitte des Bettes, auf die noch immer lahmen Beine ihres Lieblingspatienten und klopft mit einer Hand geräuschvoll darauf: „Womit wollen wir denn jetzt beginnen?" Sie räuspert sich kurz und trommelt weiter mit den Fingern auf die Schachtel: „Weshalb Sie hier im Dunkeln gefesselt sind?... Oder... Was in diesem Paket ist... Oder... Um herauszufinden, von wem es ist?... Oder wissen Sie das alles etwa nicht?" Sie bemerkt ihren sarkastischen Unterton selber, bevor er antworten kann und sie fügt rasch hinzu: „Das sollte nun eben nicht so rüberkommen... lo siento...! Aber Sie müssen verstehen, Bob, wir sind hier in einer psychiatrischen Klinik... Einer Irrenanstalt... Eine LOCO-LOCO Hacienda!" Sie versucht ihrer Aussage noch mehr Gewicht zu verleihen, indem sie die typische Handbewegung für 'verrückt' dazu macht.

„Ich weiss... und genau deshalb bin ich HIER!" Der verzweifelte Patient hebt seine beiden Arme in die Luft: „Bitte, Rosa, hören Sie mich an! Es darf nicht noch mehr Zeit vergehen, meine Tochter ist in Gefahr!"

Verblüfft und sichtlich irritiert blickt ihn Rosa an: „Ihre Tochter? Ich wusste gar nicht..." Doch sie wird durch ein Klopfen an der Tür unterbrochen.

„Tudo bién?", hören sie Carmelíta rufen. Rasch erwidert Rosa: „Tudo bién!" Als könne sie damit das Eintreten der neugierigen Krankenschwester verhindern. Dies scheint ihr auch zu gelingen, denn sie hören Schritte, die sich von der Tür entfernen. Rosa atmet laut die angehaltene Luft aus und wendet sich wieder Bob zu: „Sie haben mir nie erzählt, dass Sie Kinder haben!"

Kapitel 47

„Mir reichts! Mir gefallen weder Ihr Land, noch Ihre Klapse und Sie persönlich mag ich schon gar nicht leiden!" Susies laute, an den Direktor gerichteten Worte, macht sie zusätzlich mit wilden Handbewegungen deutlich. Sie geht zur Tür, legt die Hand auf die Falle und sieht zu Frank und Ken: „Die Herren, bitte entschuldigt mich, die Lady muss mal für anständige Amerikaner! Das alles hier", und sie zeichnet mit ihrem Zeigefinger einen Kreis in die Luft, „schlägt einer alten Dampflokomotive auf den Tank!" Sie hält die Handfläche hoch: „Schon gut, ich finde mich alleine zurecht! Wenn ich in 10 Minuten noch nicht zurück bin, haben sie mich entführt und an einen Stierkämpfer verkauft! Wenn hier alle so aussehen, wie der da", ihr Kopf weist in Richtung Direktor, „dann bin ich hier zu Lande ein Victoria Secret Model!" Sie öffnet die Tür zum Gehen und wird von Linda verbal aufgehalten: „Warte Susie, ich komme mit."

Draussen im Wartezimmer legt Susie ihre Hand auf Lindas Arm: „Dir ist schon klar, dass ich nicht aufs Töpfchen muss, Süsse?" Fragend blickt die kleine Frohnatur in Lindas trübe Augen.

„Ich habe es sofort an deinem Gesichtsausdruck erkannt! Und glaub mir, auch Frank und Ken haben uns durchschaut! Let's go!" Kaum ausgesprochen gehen die beiden Festentschlossenen zum Lift und drücken den Knopf für die nächst tiefere Etage. „Ein Stockwerk nach dem anderen würde ich vorschlagen... Was haben wir hier... Keine Ahnung... Alles auf Spanisch... natürlich... Hinter dem Mond gebliebene Neandertaler hier... tsss..." Susie wirft beide Hände theatralisch in die Luft und rollt ihre Kugelaugen hinter der kleinen Lesebrille, die an der klassischen Goldkette um den Hals befestigt ist. Sie blickt Linda fragend an: „Von oben nach unten oder wollen wir uns hocharbeiten?" Die Schweizerin drückt voller Tatendrang auf den untersten Knopf, blickt Susie an und antwortet: „Alles Gute kommt von oben! Das scheint hier jedoch gegensätzlich zu funktionieren!" Susies Augen funkeln und sie kneift eines davon zu: „KLUGES Mädchen!"

Die holprige Liftkabine scheint eine Ewigkeit zu haben, das ganze Gebäude hinunterzufahren. Die zwei Frauen blicken zur Anzeige, welche die Stockwerke anzeigt und bleiben vorerst stumm. Beide sind in die eigenen Gedanken versunken und überlegen die nächsten möglichen Schritte. Als hätten sie denselben Gedanken gehabt, blicken sie sich an und Linda ist die erste, die eine nicht unwesentliche Frage ausspricht: „Und wenn wir ihm tatsächlich begegnen?"

„Kratze ich ihm die Augen aus!", beendet Susie den lauten Gedanken.

Kapitel 48

Das entsetzte und kreideweisse Gesicht der kleinen mexikanischen Physiotherapeutin scheint wie eingefroren zu sein. Einzig ihre grossen, dunklen Augen zeigen Emotionen, wenn sich die schwarzen Wimpernfächer auf und ab bewegen. Nach einigen Sekunden, die sich wie Ewigkeiten anfühlen, räuspert sie sich, schluckt laut hörbar und versucht, einen vernünftigen Satz zu formulieren. Alles, was ihre

Stimmbänder jedoch hinkriegen, ist ein leises Wimmern.

„Ich weiss, es hört sich alles unvorstellbar und verrückt an, aber bitte... BITTE... Rosalía... Rosa... Sie müssen mir glauben! Helfen Sie mir! Helfen Sie uns! Mirjam und mir! Sie... Sie hat schon ihre Mama verloren... Helfen Sie mir, dass sie wenigstens noch ihren Vater hat... oder zumindest das, was von ihm übrig ist...!"

Die Angesprochene räuspert sich erneut und langsam kommt wieder etwas Leben in ihr Gesicht. Sie legt ihre eiskalte, zitternde Hand auf das noch immer zwischen ihnen liegende Paket und findet ihre ersten Worte wieder: „Ich... Ich weiss nicht Bob... Roberto... Das alles klingt für mich wie aus einem furchtbar schrecklichen Horrorfilm!... Ich würde einen solchen Film niemals ansehen... Verstehen Sie? ... Also, eigentlich... Würde ich nicht einmal im Traum daran denken, ein solches Buch lesen zu wollen! Das ist unmenschlich... das... das ist verrückt! LOCO! VERRÜCKT ist das!!!" Ihre Gesichtsfarbe wechselt sich schleichend von kreideweiss zu purpurrot. Ihr Hals beginnt fleckig zu werden und die sichtbare

Halsschlagader pocht bedrohlich. Sie erhebt sich langsam vom Bett und Bobs Gesicht versucht ihren Bewegungsgeräuschen zu folgen.

„Rosa! Bitte! Ich weiss! Ich war...ich BIN ein Unmensch... Ein feiger Idiot... Aber bitte versuchen Sie zu verstehen..." Er streckt seine beiden Arme flehend in ihre Richtung.

„Verstehen??!! VERSTEHEN??!! Ich soll VERSUCHEN ZU VERSTEHEN!!??" Ihre nun aufgebrachten, lauten Worte erhallen im kleinen sterilen Raum wie ein Donner in einer Berghöhle. „Sie sind ein TIER! Ein wahnsinniges, selbstsüchtiges, vernichtendes, unsensibles und brutales Tier! Schlachten sollte man Sie! Ja genau! Zum Schlächter sollte ich Sie bringen! OHHHHH und mierda... dios mio Sie machen sich keine Vorstellung, wie mexikanische Schlächter sind! Halt Moment! Ein muslimischer Schlächter! Noch viel besser! Der lässt sie ausbluten und...!" Rosalía hat sich in Bruchteilen von Sekunden in eine Wut gesteigert, welche sie selber nicht von sich kannte. Sie sieht sich im Zimmer um und sucht einen Ausweg, um diesem schrecklichen Szenario zu entkommen, als sich die

172

Tür wie von magischer Hand öffnet. Sie beisst sich auf die Unterlippe, atmet tief Luft ein und blickt überrascht und stirnrunzelnd in die Gesichter in der Tür.

Kapitel 49

Die alte Lifttür öffnet sich langsam und die beiden Frauen treten zögernd aus der Kabine in den düsteren Flur. Lediglich eine flimmernde Glühbirne spendet etwas Licht und eine eisige Kälte streift an ihnen vorbei. Linda hält sich selber an den Oberarmen fest, um sich mit dieser eigenen Umarmung etwas Wärme und Schutz zu bieten. Susie lässt ihre Brille an der Kette baumeln und blinzelt dem kargen Flur entlang: „Hm...ob das hier die Entsorgungsstation ist?"

„Susan!" Lindas ernsthaft entsetzter Ton lässt ihre sarkastische Begleiterin nicht aufhalten: „Na schau dich doch um! Dunkel, optimale Temperatur... Ich bin mir sicher, hier liegen die Vergessenen oder Aussichtslosen rum! Oder denkst du, ein Irrenhaus hat auch eine Totenwache?" Neugierig schreitet sie auf eine Tür zu und will diese öffnen. Doch Linda ist flinker und steht zwischen sie und dem ungelüfteten Geheimnis: „Nein, nicht! Ich weiss nicht, Susie, aber ich glaube, das ist nicht richtig... Was haben wir uns dabei nur gedacht?! Sieh dich um! Was machen wir hier? Wollen wir wirklich JEDE Tür öffnen, an der wir vorbeikommen? Was wenn hier wirklich jemand drin ist? Tot oder lebendig?"

„Dann... dann... winken wir! Ich weiss doch auch nicht, aber das geldgierige Hängebauchschwein da oben hat mich wahnsinnig gemacht! Da treffe ich doch lieber Durchgeknallte oder gar ganz Verstummte. Alles besser als..." Ihr erregtes Wesen wird durch das Öffnen einer Tür weiter unten im Flur unterbrochen. Beide Frauen sehen erschreckt, wie auch ängstlich hin. Ein Mann in Jeans und T-Shirt hält die Tür auf, während zwei weitere Männer, ebenfalls leger gekleidet, mit einer langen Holzkiste aus dem Raum kommen. Susie flüstert: „Eben doch Totenwache... Ob der freiwillig gestorben ist?" Lindas entsetzter Laut wird auch von den drei Personen auf der anderen Seite des Flurs bemerkt und der Mann mit den leeren Händen ruft auf Spanisch unverständliche Worte. „Ich glaube, der will uns nicht hier. Die haben doch was zu verbergen, ich sags dir!" Während Susie noch immer neugierig den drei Gestalten zusieht, versucht Linda, sie in Richtung Aufzug zu schieben: „Lass uns verschwinden hier, mir ist nicht wohl bei der Sache!" Sie drückt den kleinen Knopf an der Wand und bemerkt dann die Tür hinter sich, die das Bild einer Treppe reflektiert: „Komm, wir nehmen die Treppe, die Schüttelkiste dauert zu lange!"

Susies lautes Atmen erklingt im Treppenhaus wie ein stets wiederkehrender Donner: „Willst du mich auch in eine Holzkiste bringen? Was soll das? WIR sind nicht auf der Flucht! DIE sind es!" Sie bleibt stehen und hält sich mit beiden Händen am Treppengeländer fest: „Ich will gar nicht wissen, was für ekelerregende Hände das schon berührt haben!", schnaubt sie laut aus. Doch dann hört sie, wie Linda etwas weiter oben eine Tür öffnet und mit jemandem spricht.

Kapitel 50

„Was tust du hier, Rosalía?" Der soeben in den Raum getretene Psychiater der Klinik blickt die am anderen Ende des Raumes stehende Physiotherapeutin mit hochgezogener Augenbraue an. Neben ihm steht die schmunzelnde Krankenschwester mit einem kleinen Tablett in der Hand. „Du solltest nicht hier sein, das weisst du!" Langsam geht er in Rosalías Richtung, nachdem er die Tür für die Kaugummi kauende Hexe offen gehalten hat.

„So? Und warum nicht? Seit wann darf oder SOLLTE ich meine Patienten nicht besuchen?" Beobachtend folgen ihre Argusaugen dem Tablett, welches sich auf Bob zubewegt. Jeff, der amerikanische Psycho, wie sie ihn alle nennen, will sich vor sie stellen, doch sie lässt sich die Sicht nicht versperren.

„Was sind das für Medikamente? Ich weiss nichts von Medikamenten! Hey, das steht nicht in seiner Krankenakte!" Sie will zum Bett, wird jedoch vom Seelenklempner mit Doktorandentitel auf seinem

Namensschild sanft aufgehalten: „Nur Routine, zur Beruhigung. Wir haben laute Stimmen gehört, was durchaus verständlich und normal ist."

Rosa drängt sich an ihrem Arbeitskollegen vorbei, geht ums Bett zu Carmelíta und streckt ihr die offene Hand entgegen: „Dann her damit! ICH war nämlich laut! Die hier sind folglich für mich! Ich brauche VIEL Beruhigung, das solltest doch gerade DU wissen, nicht wahr Carmelíta?" Sie winkt mit ihrer ausgestreckten Hand, während sie die andere in ihre Kitteltasche steckt. Sie spürt das zusammengerollte Papier, welches sie am Morgen dort hinein getan hat. Bevor sie sich überlegen kann, ob die folgende Handlung wirklich sinnvoll ist, nimmt sie das Röllchen raus und hält es schwenkend in die Luft: „Du kriegst im Austausch das hier!"

„Moment, moment!", meldet sich der Medikamentenverschreiber, „hier wird nichts ausgetauscht! Was ist das überhaupt?! Zeig her, Rosa!" Mit raschen Schritten geht er auf Rosas hochgehaltene Hand zu und will das zusammengerollte Papier aus ihr entfernen. Doch natürlich ist die schlaue Mexikanerin flinker und steckt beides, Hand und Papier zurück in die Kitteltasche: „Nichts für dich Jeff, jedoch UNGEMEIN interessant für deine Drogentante hier! Sag mal, hast du denn überhaupt keinen Stolz deiner Pflicht als Krankenschwester gegenüber? Weisst du eigentlich, was du ihm hier für Tabletten geben willst? Sieh ihn dir doch an! Er ist ruhig! Er bewegt sich nicht, nein, er spricht ja nicht einmal mit euch! Was um alles in der Welt geht in diesem Drecksloch eigentlich vor?!"

Kapitel 51

„Muchas gracias, Señorita!" Linda lässt die Tür hinter sich ins Schloss schnappen und kommt aufgeregt zu Susie hinunter gehüpft. „Ich habs getan! Ich habs wirklich getan, Susie!" Ausser Atem, nicht nur vom Hüpfen, sondern begleitet von viel Nervosität, kann sie die beiden Sätze kaum aussprechen. Noch immer nach Luft ringend, blickt Susie sie an: „Was hast du getan? Mir Santa Claus mit seinem Rentierschlitten bestellt? Ernsthaft Linda, ich mache hier mein Testament!" Sie greift nach Lindas Hand und legt sie auf ihre füllige Brust auf

Herzenshöhe. „Fühl doch! Trotz dem vielen Fleisch dazwischen, kannst du es spüren. Ich bin mir sicher, es platzt gleich!" Trotz des sichtlich erschöpften Anblickes, den die füllige Freundin ihr bietet, geht Linda nicht darauf ein, sondern wiederholt: „Ich habe es getan! Ich habe einfach nach Simon Zimmermann gefragt. Einfach so, als wäre es die natürlichste Sache der Welt!"

Langsam, Stufe für Stufe, gehen die beiden Frauen schweigend wieder hinunter. „Tut mir wirklich leid, du Süsse mit Knackpo, aber ich muss meine letzten Kräfte für diesen Schurken aufsparen, um ihn so richtig in den Schwitzkasten zu nehmen, bevor mir die kleinen Mexikaner Polizisten den ganzen Spass verderben!" Susie hält sich konzentriert mit einer Hand am Geländer fest, um nicht zu stolpern, da sie die Tritte unter ihrem Bauch nicht sehen kann: „Ich denke, so ein, zwei Pfunde weniger würden mir nicht schaden! Nicht gleich zu viele auf einmal, das ist nicht gut für die Haut, habe ich gehört!" Linda gibt ein Schmunzeln aus Höflichkeit von sich und erwidert: „Den Spass mit dem Schwitzkasten verderbe ich dir jetzt schon... Simon ist fast zwei Meter gross... Ich

kann mein Herz im Hals klopfen spüren, Susie...
denkst du, Frank ist auch schon unterwegs?"

Sie öffnen die schwere Tür vom Treppenhaus
und treten erneut in den kargen Flur, aus welchem
sie gekommen sind. Ohne Worte überqueren sie
diesen, drücken den Liftknopf und warten
angespannt. Nach wenigen Minuten öffnet sich die
Lifttür. Susie entschlüpft ein überraschtes:
„Caramba!"

Eine kleine, auffallend attraktive Mexikanerin
steht in der alten Liftkabine und wird offensichtlich in
einem aufgeregten Selbstgespräch gestört. „Oh, lo
siento!" Spricht sie peinlich ertappt die beiden
überraschten Frauen an. Sie streift sich mit einer
Hand über das glatt nach hinten gebundene Haar,
blickt beschämt zu Boden und geht zwischen den
beiden Frauen hindurch. Nach wenigen kurzen
Schritten dreht sie sich um und fragt in schnellem
Spanisch: „Haben Sie sich verirrt?"

Kapitel 52

Mit hängenden Schultern und enttäuschtem Gesicht steht Rosalía in der offenen Tür und blickt in den leeren Raum: „Du bist schon weg Pablo... Es tut mir leid, dass ich dich verpasst habe... Du glaubst nicht, was hier los ist! Aber weisst du was? Das ist auch mein letzter Tag in dieser Hölle! Ich habe die Schnauze gestrichen voll, das ist mir eine Spur zu abgefahren! Was sage ich, mindestens hundert Millionen Spuren zu abgefahren! Wenn ich nur wüsste, was ich als nächstes machen soll!" Sie sieht sich im halbdunklen Korridor um und steckt sich beide Hände in die Taschen, wo ihre Finger das zusammengerollte Papier berühren. Sie nimmt es konzentriert heraus und entfaltet es langsam. Ihre Augen blicken zwar darauf, aber sie liest es nicht, sondern kneift langsam ihre Augen zusammen. Ihr Blickt schweift in Richtung Lift und ihr Kopf neigt sich seitwärts. „Moment... Was haben die beiden Frauen eben gesagt?" Sie zerknüllt das ansonsten so sorgfältig zusammengerollte Papier, steckt es hastig in den Kittel zurück und geht mit immer schnelleren Schritten zum Lift. Sie hört die Kabine rattern und schlägt mit der flachen Hand darauf. „Mierda! Mierda! Mierda!" Sie blickt hinter sich und überquert den Korridor zur Feuertreppe.

„Go, go, go!", leichtfüssig nimmt sie mit langen Springschritten zwei Treppenstufen auf einmal und zieht das bis zum zweiten Stockwerk durch. „Ahh... Du hast das Cardio definitiv vernachlässigt! ... uhhh... ok... Nur einen Gang runterschalten... Nur noch ein Stockwerk, Rosa! Komm schon!" Ausser Atem kommt sie im dritten Stock an, lehnt sich kurz an die Tür und nimmt zwei tiefe Atemzüge: „Physio... Zur Physiotherapie haben sie gesagt! Das ist MEINE Abteilung! Also wollen sie bestimmt zu mir! Jetzt ruhig bleiben... Sie hat sich sehr amerikanisch angehört... hmm und könnte eine Direktorin sein... Sie sieht zumindest so aus... Oder eine Professorin... Oh dios mio !!!... Kann es denn wirklich sein, dass mein Wunsch ausgerechnet an einem SOLCHEN Tag in Erfüllung geht? Ich hätte nicht damit gerechnet, dass sie sogar persönlich hier auftauchen! .... Oh Himmel!!! Wenn sie nur nicht dem Señor Director in die Arme laufen! Mierda! Der macht mich auf der Stelle kalt!"

Sie hüpft auf dem Treppenabsatz hin und her, lockert ihre Arme, als wolle sie sich auf einen Kampf vorbereiten. Sie lockert ihre Schultern, dehnt den Hals, atmet nochmals tief ein und aus, legt die Hand auf die Türklinke und öffnet die schwere Barriere zwischen sich und ihrer Abteilung. Sie tritt in den Flur und blickt direkt in die dunklen Augen der jüngeren der beiden Frauen, welchen sie vor wenigen Minuten im Untergeschoss begegnet ist.

Kapitel 53

„Heilige Margarita!!! Wenn die Männer nur halb so attraktiv wären, wie diese Kleine eben, wäre dies das gelobte Land! Das muss eben eine Göttin gewesen sein, Linda! Hast du sowas schon live gesehen? Ernsthaft jetzt! Ich meine, Frank ist sich das bestimmt gewohnt, aber ICH sehe sowas ja nur in meiner kleinen Bude auf dem Bildschirm! Was denkst du, ist sie eine Ärztin? Sie hatte einen Kittel an... hm... ob sie Single ist? Wir sollten sie Ken zeigen...!" Susies aufgeregtes Geplapper hat die holprige Liftfahrt verkürzt und Linda ist ihr schweigend dankbar für diese Gedankenabwechslung. Auch wenn sie nur die Hälfte davon aufmerksam mitgehört hat, muss sie zugeben, dass der Anblick dieser kleinen Mexikanerin auffallend war. Nach nur wenigen Minuten bleibt die Kabine stehen und die Tür zum Flur des dritten Stockes geht auf.

„Sag mal, meine Schöne, was und wen hast du denn eigentlich gefragt? Siehst du! Ich wusste es, Sport ist einfach nicht gut für mich! Ernsthaft! Ich habe es schon so oft versucht, aber jedes Mal hatte es diese Nebeneffekte; ich vergesse alles! Genau, ich kann mich nach extremer Anstrengung einfach nicht mehr richtig konzentrieren. Nein, ich sollte mich wirklich nicht mehr so überanstrengen, ich weiss ja nicht einmal mehr, was wir hier tun! Ist das nicht schrecklich?" Die Hände in die fülligen Hüften gestützt, sieht sich Susie verloren im Flur um: „Wenigstens sieht es hier anständiger und lebendiger aus, als in dem Drecksloch da unten." Ihr Zeigefinger unterstützt diese Aussage, indem er auf den einigermassen sauberen Boden zeigt.

„Ich habe einfach nach Simon Zimmermann gefragt...", gibt Linda ihr zur Antwort, während sie sich etwas nervös umsieht. Sie geht langsam in eine Richtung dem Korridor entlang. „Die Dame im Erdgeschoss hat sogleich gewusst, nach wem ich suche und gesagt, er arbeite auf der Physio, hier im dritten Stock. Komisch eigentlich... Was tut er auf der Physio? Er hat gar nichts am Hut mit Physiotherapie!" Sie geht ziellos in eine Richtung weiter und fährt fort: „Na dann mal los! Ich würde vorschlagen, einmal den Flur hinauf- und wieder hinuntergehen. So, als würden wir jemanden besuchen. Und wenn jemand kommt, fragen wir einfach wieder nach ihm. Was meinst du dazu? Susie?" Sie dreht sich, doch Susan Manders steht nicht mehr hinter ihr.

„Susie?" Erstaunt sieht sie sich um, keine Spur von der Plappertante. „Das gibts doch nicht! Susan!" Linda hebt beide Hände in die Luft, stützt sie in ihre Hüften und blickt in den stillen, leeren Flur.

Kapitel 54

„Buenos días, Señora. Wir haben uns eben unten getroffen." Rosalía fuchtelt nervös mit der einen Hand in der Luft umher, während die andere etwas zittrig über ihr glattgekämmtes Haar streicht: „Tut mir leid, dass ich etwas abwesend war und so unhöflich, was kann ich denn für Sie tun? Suchen Sie jemanden Bestimmten hier, auf der Physio?" Neugierig blickt die kleine Mexikanerin in die nun noch verwirrteren Augen der Besucherin vor ihr. Diese runzelt leicht die Stirn und blickt dann wieder in den leeren Flur: „Ja, hm... Eigentlich suche ich gerade zwei Personen... Haben Sie denn die Dame gesehen, mit welcher ich Sie eben unten angetroffen habe?" Den Blick wieder an Rosa gewandt: „Sie waren übrigens verdammt schnell!"

Leicht verlegen sieht Rosa zu Boden und schmunzelt: „Ja, wenn es sein muss, kann ich sehr schnell sein." Sie tritt in die Mitte des Flurs und zeigt auf den Lift: „Sie sind doch zusammen erst hochgefahren. Wo soll sie denn sein?" Ihre Hand weist um sich: „Oder habe ich Sie eben falsch verstanden? Es ist oft schwieriger mit jemandem zu kommunizieren, der ebenfalls ein Akzent hat, nicht wahr? Woher kommen Sie denn, wenn ich fragen darf?" Insgeheim hofft sich Rosa nun das Land ihrer Träume zu hören, auch wenn sie den schottischen Dialekt anders in Erinnerung hat aus den Filmen und Dokumentationen. Aber, es gibt bestimmt auch dort viele Dialekte, die sie bei weitem noch nicht alle gehört hat, es jedoch kaum erwarten kann.

„Wie bitte?" Immer noch irritiert von Susies plötzlichem Verschwinden, blickt Linda die Schönheit direkt vor sich an: „Ja, ich weiss auch nicht, sie war eben noch hier! Ich habe mich nur kurz weggedreht und laut gedacht... Aber das kann doch nicht sein! Susie?!" Erneut ruft sie, dieses Mal etwas lauter und bestimmter den Namen ihrer verschwunden Freundin: „Susie, das ist nicht lustig!" Sie geht an der kleinen Physiotherapeutin vorbei, auf die erste Tür zu und will diese öffnen, als Rosa sie aufhält und abwinkt: „Das ist nur der Materialraum, nehmen wir die nächste, das ist das Personalzimmer. Vielleicht hatte sie ja Durst oder Hunger. Dort gibts zu trinken und zu essen, auch wenn es eigentlich nur für Angestellte gedacht ist." Während sie spricht, geht sie

187

zur nächsten Tür und öffnet sie. Bevor sie eintreten kann, huscht Linda an ihr vorbei: „Susan? Bist du hier?"

Kapitel 55

„Ihre Damen scheinen die Toilette nicht gefunden zu haben, Señor!" Der kleine, dicke Mexikaner geht auf die Tür in seinem Büro zu, als könne er hindurchsehen. Frank erhebt sich langsam aus dem Ledersofa, schenkt seinem Sohn einen vielsagenden Blick und antwortet dem nervösen Direktor in sanfter Stimmlage: „Nein, sieht nicht so aus. Und ich finde, wir sollten ihnen suchen helfen, da wir hier ja offensichtlich nicht weiterkommen. Ich gehe davon aus, dass Sie uns freien Zutritt gewähren zu Ihrer... Na, wie könnte ich das nett formulieren... Anstalt?... Oder sollen wir nun doch mit Plan B fortfahren?"

„Plan B? Was ist Plan B?" Noch nervöser als eben zuvor, geht der kleine Mexikaner in ebenso kleinen Schritten auf seinen Schreibtisch zu und öffnet eine Schublade, in welche er die besprochene

Akte sorgfältig verschliesst. Ken ergreift das Wort: „Wir rufen das FBI an und verlangen eine Auslieferung eines Flüchtigen und werfen Sie ebenfalls den Löwen zum Frass vor, wegen Fälschung von amerikanischen, wohl bemerkt STAATLICHEN Dokumenten... Im WISSEN, einer flüchtigen Person geholfen zu haben!"

Das Lachen des schmierigen Direktors erklingt so schallend laut, dass die drei Anwesenden erschrecken. „Das FBI!?... Der ist gut! Meine Herren, wie bereits erwähnt, das ist mexikanischer Boden, auf welchem Sie stehen und ihn mit Füssen treten! IHR FBI, wird mir Schutz geben, ja mich sogar unterstützen! Egal wie berühmt Sie sind, Mister CONLEY!" Er betont den Namen mit einem abfälligen Unterton. „In dieser Sache steht das FBI auf MEINER Seite! Comprendes?"

Tom geht auf den Direktorenschreibtisch zu und sieht dem aufgeregten Mann direkt in die Augen: „Wieso sollte das FBI auf Ihrer Seite sein? Was geht hier vor?"

„Na, nicht nur SIE suchen jemanden in meiner Klinik!"
Gibt dieser mit arrogantem Blick und siegessicher zur
Antwort.

„Das FBI hat UNS informiert! Weil sie eben
nichts anstellen können hier... Was läuft hier? Wer
wird denn bitteschön noch gesucht in ihrer KLINIK!"
Der sonst sehr organisierte und kontrollierte Manager
zischt seine Worte über den Tisch: „Wen auch immer
Sie noch ausnehmen möchten, Freundchen, das FBI
war das mit Sicherheit nicht!"

Kapitel 56

Das überraschend geräumige
Personalzimmer ist ebenfalls menschenleer. Linda
fragt sich erst in Gedanken, spricht die Frage dann
aber laut aus: „Gibt es nicht viele Patienten hier oder
ist es allgemein so ruhig? Man trifft so niemanden
an." Sie blickt fragend in die schönen, aufgeregt
funkelnden Augen ihrer neuen Begleiterin und fragt
sich, wie sie es anstellen könnte, nach Simon zu
fragen, ohne viele Einzelheiten Preis geben zu
müssen. Also viel haben sich Susie und sie wirklich

nicht bei dieser eigenständigen Aktion überlegt. Wo bloss Frank und Ken sind, alles dauert ihr einfach zu lange. Sie will weg von hier, raus aus Mexiko, Roberto und vor allem Mirjam wieder haben. Selbst ihre Gedanken spielen ihr einen Streich, sie will eigentlich nur Mirjam. Ob sie Roberto jemals verzeihen könnte, womit er sie alleine gelassen hat und ihr das alles hier angetan hat, wagt sie zu bezweifeln.

„Señorita!? Alles ok?" Die sanfte Berührung der Person neben ihr, reisst sie aus ihren Gedanken. „Es würde helfen, wenn Sie es laut denken! Dann kann ich Ihnen vielleicht weiterhelfen! Also, mir hilft nicht immer alles, was ich laut denke, das passiert mir ab und zu, aber es hat doch schon Momente gegeben, in denen es ganz gut war. Ich gehe davon aus, dass Sie meine Antwort eben verpasst haben? Auch das kenne ich nur zu gut." Rosalías aufgeregter Redeschwall scheint Linda zu irritieren, denn sie macht auf ihrem Absatz kehrt und geht zurück in den Flur.

„Ok, wir suchen Susan. Ihre Freundin? Chefin? Arbeitskollegin?", fragt Rosa weiter, während

191

sie vor Linda dem Flur entlang zur nächsten Türe geht. „Das ist mein Behandlungszimmer, hier sollte jetzt eigentlich niemand drin sein." Dennoch öffnet sie die Tür und hält sie so auf, dass Linda sich vom leeren Raum und Rosas Aussage, selber überzeugen kann.

Linda blickt wieder in die schönen Augen der zierlichen, jedoch sichtbar fitten jungen Frau vor sich: „Haben Sie Kinder?" Ihr Blick senkt sich auf das Namensschild auf dem weissen Kittel, dann ergänzt sie freundlich: „Rosalía?"

‚Diese schlauen Schotten', denkt sich Rosa und muss sich enorm fest zusammenreissen, diese Gedanken nicht laut auszusprechen. Sie beisst sich für einen Bruchteil einer Sekunde auf die Unterlippe und denkt weiter: 'Aha, eine Fangfrage im ungezwungenem Vorstellungsgespräch also... Bestimmt ist diese Susan gar nicht verschwunden, sie wollen mich testen... Können Sie haben, Señorita!'

Kapitel 57

Siegessicher und mit unterdrücktem Grinsen schreiten die drei Besucher aus dem Büro des Direktors und gehen an der Vorzimmerdame vorbei. Im grossen Raum hinter ihnen, sitzt der kleine Mexikaner auf seinem Ledersessel und sieht bestürzt auf den leeren Holztisch vor sich. Die Geheimnislüfter verabschieden sich höflich im Vorbeigehen bei der Sekretärin und Tom legt ihr einen Bündel Pesos auf den Schreibtisch: „Das dürfen Sie Ihrem Chef da drin geben, wenn Sie ihm ein Valium oder einen Tequila bringen. Er könnte sicherlich etwas vertragen!" Er klatscht abschliessend mit der flachen Hand auf den Tisch und zwinkert ihr zu.

„Tom, die Knatterkiste ist hier!" Frank steht in der offenen Liftkabinentür und winkt seinen Agenten zu sich.

„Dritter Stock, richtig? Physiopraktikant! Tsss... Wenn der schlau wäre, müsste er doch in den Operationssälen Unterschlupf suchen, dort wo alle betäubt oder halbtot auf der Matte liegen. Hier kann ihn doch jedermann erkennen! So hat es unser ach so schlauer Direktor getan!" Alle drei Männer müssen bei dieser Aussage von Frank lachen. Und während Ken den Knopf vom dritten Stockwerk drückt, ergänzt er: „Ausser, er ist ebenfalls auf der Suche nach jemandem... Oder...", sein Blick sieht Frank und Tom geheimnisvoll an, „er muss jemanden unter Beobachtung haben..."

„Wie meinst du das? Was steht denn eigentlich in dieser geheimnisvollen Akte, mit welcher der kleine Schmierfink seinen Ruhestand verdienen wollte?" Frank steckt sich beide Hände in die Hosentaschen, nachdem er sich den obersten Knopf seines Hemdes geöffnet hat. Kleine Schweissperlen treten aus seinen Schläfen und er atmet einen bewussten Luftstoss aus, als würde ihm dies zu etwas Abkühlung verhelfen. Alle vier Augen sind nun auf den vifen Anwalt gerichtet.

„Dieser Simon Zimmermann hat sich hier beworben als Praktikant, um einen neuen Weg in der Medizin und im Leben einzuschlagen. Er berichtet in seinem Begleitschreiben von einem tragischen Unfall, in welchem sein bester Freund und dessen Frau ums Leben gekommen seien. Die Frau sei hoch schwanger gewesen, jedoch nur das Baby konnte gerettet werden, welches er dann selbstverständlich adoptiert habe. Um dieses tragische Erlebnis hinter sich lassen zu können, habe er sich entschieden, mit der Kleinen einen Neuanfang hier in Mexiko zu wagen." Ken zieht seine Augenbrauen hoch, legt den Kopf in eine leicht seitliche Lage und schnalzt mit der Zunge, bevor er ergänzt: „Nur hat der Gute einen Fehler gemacht, den offenbar auch der kleine Wichtigtuer da oben nicht bemerkt hat..."

Kapitel 58

„Ich und Kinder?! Dios mio, no, no Señora... Wie war noch Ihr Name?" Rosa reicht ihr die Hand zum verspäteten Gruss und bemerkt dabei, dass die Frau vor ihr eine auffallend flache Brust hat. Zu flach für die weibliche Anatomie und sie fragt sich, wie es in der heutigen Zeit sein kann, dass sie sich keinen gepolsterten BH anzieht... Ob sie dies bewusst macht? Linda bemerkt den zu langen Blick auf ihrem Körper, nimmt die ihr hingehaltene Hand und antwortet: „Mein Name ist Linda. Und ja, ich hatte

Brustkrebs." Beschämt über ihren ertappten Blick wird das schöne Gesicht der Physiotherapeutin leicht rot und sie flüstert: „Lo siento mucho, Señora. Das tut mir leid. Geht es Ihnen gut? Ich meine, ist der Verlust schon lange her?" Sie sieht nun mit interessierten, medizinischen Augen in Lindas und wird mit einer unerwarteten Gegenfrage überrascht: „Kennen Sie Simon?"

„Wie bitte?" Noch immer aus dem Thema und der Konzentration auf Lindas Schicksal gerissen, blickt Rosalía verblüfft in das Gesicht vor ihr. Das muss sie eben falsch verstanden haben, das kann nicht sein. Was sollte Simon mit ihrer Bewerbung in Schottland zu tun haben? Er weiss doch gar nichts davon... oder doch?

„Ob Sie einen Simon kennen? Simon Zimmermann. Mir wurde gesagt, dass er auf dieser Station arbeitet. Als Praktikant." Lindas ernster, ja fast schon aufdringlicher Blick schlägt bei der sensiblen Mexikanerin ein, wie ein Tornado.

Rosas Knie werden weich, ihr Puls beginnt schneller zu werden, ihre Hände werden feucht und sie merkt, wie die Finger langsam zu kleinen Chipolatas anschwellen. Ihre Mundflüssigkeit trocknet langsam, wie eine Pfütze auf glühendem Asphalt, aus. Sie versucht, ihre Augen zu fokussieren, doch ihr Sehvermögen schwindet langsam. Das eben noch so klare Gesicht der jungen Frau vor ihr, verschwindet in einer tunnelähnlichen Röhre. Sie erkennt, wie die Frau zu ihr spricht, doch ihre Stimme klingt wie ein kaputtes Tonband, welches schon mehrmals neu abgespult wurde und ihre Worte gleichen einem Walfischgesang. Sie spürt einen harten, schmerzenden Schlag am Kopf und versucht zu verstehen, weshalb sie die Fliesen des Korridors aus unmittelbarer Nähe sehen kann.

Kapitel 59

„Dritter Stock. Wenn ich diesen Schmierfink zwischen die Finger kriege!" Frank ballt seine Fäuste so fest, dass die Knöchel weiss durch die Haut schimmern. „Dann benimmst du dich und wir reden vorerst nur mit ihm. Der wird sich nur schon in die Hosen machen, wenn er uns drei sieht! Wir brauchen

197

ihn noch. Zumindest solange, bis wir wissen, wo Mirjam ist. Danach, gehört er dir." Tom hält seine erhobene Hand vor Franks Brustkorb, der sich heftig auf und ab bewegt.

„Nur ihr zwei, ich gehe in der Zwischenzeit auf die Pflegestation. Wir sollten keine unnötige Zeit mehr verlieren. Susie und Linda sind ja auch noch hier irgendwo! Hat keine der beiden geschrieben Dad?" Ken steht in der Lifttür und hält diese für die anderen beiden offen zum Durchgehen. Während Frank seinen Blackberry aus der Hosentasche zieht, macht er zwei grosse Schritte in den Flur.

„Linda!? Aber was ist denn...!?" Frank erblickt die am Boden kniende Linda über einen regungslosen Körper gebückt. Er rennt zu ihr hin, gefolgt von Tom und Ken.

„Was ist passiert? Wer ist das? Und wo ist Susie?" Eine Frage nach der Anderen kommt über seine Lippen, während er sich ebenfalls zur zierlichen Person am Boden kniet und instinktiv ihre Halsschlagader fühlt.

Lindas entsetztes Gesicht ist kreideweiss und sie schüttelt ihren Kopf: „Ich weiss nicht, was passiert ist. Sie... Sie wollte mit mir nach Susie suchen und... und... Da habe ich sie nach Simon gefragt, da fiel sie einfach um... Verdrehte die Augen und weg war sie... Rosalía, ihr Name ist Rosalía hat sie gesagt, keine Ahnung... und Susie... Die ist einfach weg... verschwunden... Von einer Sekunde auf die andere! Das ist ein Irrenhaus hier! Ich will weg! Ich will zu Mirjam! Ich halte das nicht mehr aus jetzt! Genug! Genug! Einfach genug jetzt!!" Ihre immer lauter werdende, hysterische Stimme erklingt im Korridor wie ein Donner gefolgt von einem Gewitter.

Ken ergreift sie blitzartig an den Schultern, hilft ihr auf die Beine und nimmt sie in den Arm: „Scht... scht... Wir sind bald am Ziel! Versprochen! Alles wird gut!" Und an seinen Vater gerichtet: „Schnell, bringen wir sie in den Vierten, los, schnell!" Bevor er seine Anweisung an seinen Vater zu Ende sagen kann, hat dieser die ohnmächtige Frau bereits aufgehoben und geht eilig mit ihr zur Feuertreppe: „Tom mach auf! Dieser Dreckslift dauert mir zu lange!

199

Gott ist die Kleine schwer! Sah auf den ersten Blick gar nicht so aus!"

Kapitel 60

Nie im Leben hat sie es sich so wunderschön vorgestellt! Sie setzt sich auf einen Stein, der sich gross und stolz aus dem Fluss wagt, zieht ihre Wanderschuhe aus und krempelt die Jeans kniehoch. Langsam taucht sie ihre Zehenspitzen in das erfrischende kühle Wasser des Bergbaches und schliesst die Augen. Sie lauscht dem fliessenden Bach, der sonst unendlichen Stille und hört eine Möwe kreischen. Vorsichtig öffnet sie ein Auge nach dem anderen, um die Ruhe in ihrem Kopf nicht zu verlieren. Ihre dunklen, funkelnden Augen schweifen genüsslich über die Weite mit ihrem verlockenden Anblick. Ihre Highlands! Ihre schottischen Highlands! Sie hat es geschafft, sie ist hier.

Rosalía zieht mit einer Hand die Schlaufe aus ihrem Haar und lässt ihre wilden Locken im Wind tanzen. Aus weiter Ferne hört sie die Hufen eines galoppierenden Pferdes. Das starke Lebewesen scheint ihr näher zu kommen, denn die Hufschläge werden immer lauter und deutlicher. Sie dreht ihren Kopf und erblickt ein schwarzes Pferd mit Reiter direkt auf sie zukommen. Sie erhebt sich vom Stein, während der Reiter sein Pferd zum Gehen animiert und langsamer in ihre Richtung kommt. Die warme Sonne hinter ihm ermöglicht es ihr nicht, sein Gesicht zu sehen, doch sie kann seine grossen, starken Schultern an der Silhouette erkennen. Er bleibt mit seinem Pferd direkt neben ihr stehen und reicht ihr die Hand zum Aufstieg.

„Rosalía? Rosa? Ich darf Sie doch Rosa nennen?", hört sie seine tiefe Stimme fragen. Ihr Name klingt wie ein Liebesgedicht aus seinem Mund. Und seine Stimme verleiht ihr Gänsehaut. Er darf sie nennen, wie immer er will! „Rosalía? Können Sie mich hören?" Sie will seine ihr dargebotene Hand nehmen und erwidert: „Du hast die schönste Stimme, die ich je gehört habe! Und du darfst mich nennen, wie du willst! Nur bring mich weg von hier! Nimm mich mit!" Sie versucht erneut nach seiner Hand zu greifen und spürt sie dann warm, stark und doch sanft in ihrer. Er drückt ihre Hand zärtlich und behutsam, als wolle er sie nicht verletzen. Als hätte er das zierlichste Geschenk eben zu fassen bekommen.

„Oh, das ist sehr nett von Ihnen, vielen Dank, Rosa! Ich werde sehen, was ich tun kann. Möchten Sie denn versuchen, erst einmal die Augen zu öffnen?"

Kapitel 61

„Aber, wie kann das sein? Wie soll das gehen? Das gibt es doch nicht!" Aufgeregt geht Frank vor Linda und Tom hin und her. „Sie kann sich ja nicht einfach in Luft auflösen. Tom!" Als hätte sein Agent stets die passende Antwort auf seine Fragen, sieht ihn Frank mit betenden Händen vor der Brust fragend an. Der angesprochene Manager nimmt sein Mobiltelefon aus der Hosentasche und während er darauf rum tippt, fragt er zurück: „Hast du deine Nachrichten geprüft?"

„Stimmt! Das wollte ich ja gerade machen, als wir dann dich sahen mit der Kleinen am Boden." Er macht diese Bemerkung an Linda gerichtet, welche ihren blassen Kopf, mit geschlossenen Augen, an die Wand hinter sich lehnt und die Arme in einer abwehrenden Haltung vor ihrem Brustkorb verschränkt hält. „Die Kleine heisst Rosalía. Es lässt mich das Gefühl nicht los, dass sie etwas weiss. Wir haben sie im Untergeschoss angetroffen, als wir auf dem Weg zur Physio waren. Sie fragte uns, wohin wir wollen, reagierte anfänglich jedoch extrem uninteressiert, als wäre sie gedanklich sonst wo... War sie bestimmt auch, denn wir haben sie auf frischer Tat in lauten Selbstgesprächen erwischt. Aber dann", Linda hebt ihren Kopf von der Wand weg und öffnet die Augen, „aber dann, kam sie uns nach. Stellt euch vor, sie rannte die vier Stockwerke hoch um uns abzufangen. Das ist doch komisch... Oder denkt ihr, sie ist verrückt? Sie hat eigentlich gar nicht verrückt gewirkt..." Lindas hörbares Denken wird durch Franks lautes Fluchen unterbrochen.

„Dieser verdammte, aller verdammten, Mistkerle!!!" Er blickt mit Wut, gefolgt von Entsetzen in seinen Augen von seinem BlackBerry erst zu Linda, dann zu Tom. Er dreht den Bildschirm seines

Telefons in Richtung Tom, während er erst sprachlos, dann leise Linda miteinbezieht: „Er hat Susie!"

Tom nimmt Conley den Blackberry aus der Hand und liest laut vor, so dass auch Linda die Nachricht sogleich hören kann: „Ihrer Lady geht es gut und das wird auch so bleiben. Ich bitte Sie lediglich, mich gehen zu lassen. Ich weiss, Jasmin ist am Leben und sucht ihr Baby. Auch ihr geht es gut. Ich werde Ihnen sagen, wo sie ist, wenn Sie mir versprechen, keine Polizei zu informieren. Susan werde ich dann ebenfalls beim Baby auf Sie warten lassen. Geben Sie mir Ihr Wort Conley, ich weiss, Sie sind ein Ehrenmann! Und nachfolgende Worte sind für Jasmin:.. " Tom dreht den Bildschirm zu Jasmin, welche mit entsetztem Blick darauf starrt, sich die Hände vor den Mund schlägt und einen qualvollen Schrei durch den Korridor schickt.

Kapitel 62

Warum sollte sie die Augen öffnen? Ihre Augen sind doch offen und sie... oh... nein... bitte nicht!! Rosalía versteht... Sie versteht und ist bis auf die Knochen beschämt. Durch die kleinen Schlitze, von ihren noch immer geschlossenen Augen, drücken sich langsam Tränen heraus und suchen sich einen Weg über ihre leicht rosa farbenen Wangen. Sie presst ihre Lippen und die Hand, welche noch immer in ihrer liegt, sanft zusammen. Sie muss sich von diesem erneuten Fauxpas überzeugen.

„Nicht doch weinen, Rosa! Es tut mir leid... oh nein, es tut mir sehr leid... Ich habe Sie aus einem Traum geholt, nicht wahr?" Die wunderbare Stimme ihres eben noch rettenden Highlanders, streichelt ihre Trommelfelle wie eine zärtliche Feder. Sie hält noch immer die Augen geschlossen und ihre Lippen gepresst, nickt jedoch zustimmend auf seine Frage.

„Ich bringe Ihnen ein Glas Wasser. Moment, ich muss lediglich um Ihr Bett herumgehen, da steht eine Flasche." Die grosse und doch zärtliche Hand löst sich behutsam aus Rosas Krallen und sie spürt, wie er sich vom Bett erhebt. Sie wagt es, ein Auge leicht zu öffnen, um ihren Highlander auf dem Pferd in der Realität auszuspionieren, ohne dass er dies bemerkt.

Sein kräftiger Körperbau zeigt sichtlich Spuren von sportlichen Aktivitäten, breite Schultern in ein Poloshirt gepackt, schlanke Hüften in perfekt sitzenden Jeans, umhüllt von einem breiten Ledergurt. Sein Gang lässig und doch gewählte Bewegungen. Starke Arme ragen aus den kurzen Ärmeln und sind mit einer Lederarmbanduhr am Handgelenk geschmückt. Als sein Körper sich um die Bettachse dreht, schliesst sie ihr Auge wieder und wird wiederum um den Anblick seines Gesichtes betrogen. Sie kann sein Hantieren mit der Glasflasche neben sich hören und der Atem stockt ihr, als er sich wiederum auf ihr Bett setzt, näher als zuvor.

„Soll ich ihren Kopf zum Trinken anheben?", spricht die schottische Stimme mit amerikanischem Akzent zu ihr. Ihre Gedanken spielen Ping-Pong und sie kann sich nicht entscheiden, welche Seite gewinnen soll. Ein Hauch von Pfefferminz streichelt ihr Gesicht und sie spürt eine suchende Hand hinter ihren Kopf schleichen. „Hier, es hat einen Trinkhalm, Moment, sie brauchen nur den Mund zu öffnen, es wird gleich besser." Ihre Lippen berühren den kühlen

Plastik und sie öffnet, wie ihr geheissen, brav den Mund zum Trinken.

'Jetzt stell dich nicht doofer an, als du eh schon bist! Öffne deine Augen, los, tu es! Er wird dich für total bescheuert halten! Mach schon!'

Sie öffnet langsam die Augen, blinzelt einige Male, um sich an das grelle Licht zu gewöhnen, sagt währenddessen leise: „Gracias", und blickt direkt in die Augen vor ihr. Ihr Blut beginnt einzufrieren, ihre Stimmbänder werden zu langen Gummibänder und ihr Herz rast laut.

Kapitel 63

Wie ein gehetztes Reh im Wald, sprintet Linda los, zur nächsten Tür auf der gegenüberliegenden Seite des Korridors und reisst diese auf. Sie rennt hinein, kommt jedoch unmittelbar nach ihrem Verschwinden hinter der Tür wieder heraus. „Linda! Was machst du da? Was steht hier!" Frank hält seinen Blackberry in die Luft und sieht Tom mit hochgezogenen Schultern fragend an.

„Er ist hier! Er muss hier sein! Er lebt!" Mit hysterischer Stimme will Linda die nächste Tür öffnen, als dies bereits von der anderen Seite her getan wird und eine bös dreinblickende Krankenschwester ihr den Weg versperrt.

„Caramba! Qué pasa aquí?" Sie faucht Linda Kaugummi kauend an, und wirft ihre beiden Hände theatralisch in die Luft.

Blitzartig stehen Frank und Tom neben Linda und Frank hält entschuldigend seine Hand zwischen die beiden Frauen. Den Kaugummi sichtbar auf dem Unterkiefer liegend, starrt ihn die aufgestylte Krankenschwester an: „Pero... Santa Lucía...!!" Sie schlägt sich beide Hände vor den noch offenen Mund und lässt eine Art Quieken hören.

„Hi! Bitte entschuldigen Sie, wir waren zu laut! Wir haben eben eine..." Frank versucht händefuchtelnd die unerklärliche Situation zu erklären, als die Krankenschwester eine seiner Hände in der Luft abfängt, sie mit ihren beiden festhält und an sich zieht. Sie blickt ihn strahlend an und legt sich seine Hand auf die mit Make-up bedeckte Wange: „Oh mi madre... Kein Traum... oh Himmel... Er ist es wahrhaftig... Aus Fleisch und Blut!"

Linda trippelt von einem Fuss auf den anderen, blickt sich nervös im Flur um und kann es keine Sekunde mehr aushalten, wie Frank erkannt und angehimmelt wird. „Bitte, helfen Sie uns, wo ist Roberto?!" Verzweifelt blickt sie die noch immer staunende Mexikanerin an, welche ihr kein Augenzwinkern schenkt. Noch immer auf Conley fixiert und doch aus den Träumereien gerissen, antwortet sie: „No conozco Roberto."

Kapitel 64

„Rosa? Darf ich Sie noch immer so nennen?" Der nun zu Fleisch gewordene Highlander auf dem Pferd, sitzt noch immer auf ihrem Bett, ein Glas mit Trinkhalm in der einen Hand, die andere sanft auf ihrem Unterarm liegend. Ihr Kopf will nicken, doch sie weiss nicht, ob er es auch wirklich getan hat. Sie blickt in diese lieben Augen, in sein ebenmässiges Gesicht, betrachtet seine starken Wangenknochen, seine vollen Lippen, zieht mit ihren Pupillen die kantige Linie seiner Nase nach und wandert über seine Schultern zur Brust.

„Mein Name ist Kenneth Conley. Aber bitte nennen Sie mich Ken." Während er sich höflich vorstellt, mit der Geste eines Gentlemans, eine Hand auf der Brust, stellt sich Rosalía vor, wie sie wohl aussieht. Bei diesem Gedanken wird ihr schlecht in der Magengegend und just in diesem Moment überlegt sie, wie denkbar unpassend ein Übergeben jetzt wäre. Doch, wie wurde sie stets von Mama gewarnt: „Vorsicht meine Taube, deine Gedanken werden wahr..."

***

„Ohhh ok!...Alles gut! Genau... Nur raus damit! .... So ist gut... Alles gut... Nicht weinen... Es ist alles in Ordnung... Das kann passieren nach einer Ohnmacht... Sie machen das wunderbar... Nicht weinen Rosa... Lassen Sie es raus..." Nachdem Ken heldenschnell reagiert hat und mit einem Satz auf seinen Füssen neben dem Desaster im Bett steht, streichelt er der noch Würgenden fürsorglich über den gebeugten Rücken.

„Alles draussen? Oder kommt da noch etwas?" Er bückt sich neben sie und ihre Scham könnte nicht grösser sein. Sie wünscht sich auf der Stelle einen Tornado herbei, ein grosses, schwarzes Loch vor sich, welches sie blitzartig hinunter und aus dieser Szene schluckt. Sie kann nicht aufhören zu weinen und sie wagt es nicht, den Kopf zu heben, um dem Mann ihrer Träume ins Gesicht zu blicken. Sie spürt seine warme Hand auf ihrem Rücken und blickt in ihr Erbrochenes vor ihr auf dem Bett.

Kapitel 65

„Gracias, Señorita!", sind gerade mal die ersten und einzigen Worte, die Frank zur Krankenschwester sagen kann, als sich dann Tom dazwischen mischt und in einwandfreiem Spanisch das Wort an den weiblichen Fan richtet: „Entschuldigen Sie unser Stören auf Ihrer Station, aber wir suchen dringend zwei, nein was sage ich, drei Personen hier in der Klinik. Wenn Sie möchten, machen wir gerne ein Foto von Ihnen mit Frank und er signiert auch gerne etwas. Aber bitte, helfen Sie uns weiter in diesem Labyrinth hier!" Er klatscht seine Hände vor der Brust zusammen und verwirft diese Haltung dann temperamentvoll.

Nachdem mehrere Fotos der beiden in einer übertriebenen Session gemacht wurden, nimmt die nicht zurückhaltende Mitarbeiterin einen Stift aus dem Kittel, öffnet die oberen drei Knöpfe und übergibt den Marker Frank. Sie hält sich verführerisch den Kittel offen, streckt ihm ihre Oberweite im weissen Spitzen BH entgegen und sagt in gebrochenem Englisch: „Bitte sehr, Señor Frank, etwas Nettes auf hier, für Carmelíta!"

Lindas entsetzter Blick an Tom gerichtet, wird mit einer gehobenen Augenbraue und einem leisen Schnalzen beantwortet. Er macht die wenigen Schritte zu ihr und flüstert leise: „Genau deshalb sollte ich Schauspieler werden. Vor dem Manager entblösst sich nie jemand!" Er stupst sie sanft von der Seite an und fügt hinzu: „Frank ist ein Gentleman. Gleich können wir los. Die Kleine wird uns nützlich sein, Sie werden schon sehen."

***

„Pero, no conozco Roberto o Susan!" Die erneut gefragte Krankenschwester hebt die Schultern hoch, während sie nur Augen für Frank hat. „Wie steht es mit Simon Zimmermann? Kennen Sie den?" Frank nimmt ihre Hand, was sie zusätzlich aus der Fassung bringt und ihre Augen werden erst ganz gross, dann langsam zu kleinen Schlitzen. Sie dreht den Kopf langsam in Richtung Linda und fragt: „Wer ist das? Seine Frau?" Dann löst sie ihre Hand aus Franks, macht einen bedrohlichen Schritt auf Linda zu, stützt beide Hände in ihre schmale Taille und zischt: „Bist du die Mama von Mirjam?"

Kapitel 66

„Ich hole wohl besser jemanden, der das hier sauber macht. Ich bin gleich wieder zurück!" Ken streicht der mehr als peinlich berührten Rosalía abschliessend über den Rücken und macht ein paar Schritte weg vom Bett. Sie hebt den Kopf und blickt ihm nach. Kurz bevor er bei der Tür steht, bricht sie ihr Schweigen: „Nein, bitte nicht!"

Kenneth bleibt überrascht stehen und dreht sich zu ihr um: „Bitte was nicht?" Während er spricht, geht er wieder auf sie zu: „Jemanden holen oder wieder zurückkommen?" Er sieht sie freundlich lächelnd an und steckt seine Hände in die Hosentaschen. Die wieder zum Leben erwachte Physiotherapeutin beisst sich auf die Unterlippe und antwortet dann: „Beides nicht! Bitte, bleiben Sie!"

***

Nachdem sie beide schweigend die verschmutzte Bettdecke zusammengerollt haben, sitzt Rosalía neben Ken auf dem Bett und trinkt schluckweise Wasser aus dem Glas. Der junge Anwalt bricht die Stille: „Fühlen Sie sich besser? Sie haben uns einen Heidenschrecken eingejagt da unten!" Fragend blickt ihn Rosa an: „Uns? Ich kann mich erinnern, mit der schottischen Señorita, deren Freundin gesucht zu haben..." Kens Schmunzeln unterbricht sie: „Schottische Señorita? Linda? Wie kommen Sie darauf, dass sie Schottin ist?" Er setzt sich etwas zu ihr abgedreht auf die Bettkante, was sie ihm gleichtut. „Wer sind Sie eigentlich?" Erwidert nun Rosa, da sie nicht nur überrascht ist, dass dieser

Traummann offenbar ihre Interviewpartnerin kennt, sondern sich auch so rührend um sie kümmert. Doch bevor er ihr antworten kann, haut sie sich auf den trainierten Oberschenkel und blickt zur Tür: „Stimmt! Sie hat nach Simon gefragt!" Sie erhebt sich, ohne Ken anzublicken und stellt das Glas zurück auf den Beistelltisch.

„Kennen Sie ihn denn gut?" Conley Junior unterbricht ihren neu gestarteten Gedankenrausch und sie sieht ihm entsetzt in die liebevollen Augen: „Sie etwa auch?!" Sie setzt sich wieder neben ihn aufs Bett und starrt ihn an.

„W E R   S I N D   S I E???"

Kapitel 67

„Sie kennen Mirjam? Wo ist sie?" Linda überhört den missbilligenden Unterton der Krankenschwester und scheint auch ihre bedrohende Körperhaltung nicht wahrzunehmen. Frank mischt sich elegant in diese weibliche Szene ein: „Sie müssen bestimmt die Freundin von Simon sein!"

Irritiert sieht Carmelíta zu Frank: „Hat er von MIR erzählt? Oder von der verrückten Cucaracha?!" Missbilligend schwenkt sie ihren Kopf in die Richtung der Feuertreppe.

„Verrückte Cucaracha?" Frank stehen Fragezeichen ins Gesicht geschrieben, als er diese Gegenfrage stellt.

„Ja, diese verrückte Rosalía! Seine Chefin, sozusagen... Spricht immer mit sich selber und macht komische Sachen hier und muss deswegen ständig zum Director General! Ja, die! Arbeitet auf der Physio und hatte da was mit Simon. Obwohl, die passt gar nicht zu ihm... Verrücktes Weib!" Linda unterbricht ihren aufgebrachten Redeschwall, indem sie ihre Hand auf ihre flache Brust legt und sanft sagt: „Ich bin nicht Simons Frau. Ich möchte nur gerne Mirjam besuchen. Ich bin eine Freundin aus der Schweiz und hatte noch keine Gelegenheit, die Kleine zu sehen. Wissen Sie denn, wo sie ist?"

Frank und Tom sehen sich überrascht an. Sie erkennen Linda kaum wieder. Sie hat ihr Schachspiel begonnen! Einen Zug nach dem anderen. Sie sehen den begonnenen, durchdachten und konzentrierten Schlachtplan in ihren funkelnden Augen.

„Sí, por supuesto qué sé! Sie ist in der... Ah mierda, como se dice en ingles..." Carmelíta schnippt mit ihren langen dünnen Fingern in die Luft.

„Guardería, Kinderkrippe, qué quieren decir?", wirft Tom in die Runde.

„Oh ja! Sie sprechen ja Spanisch! Sí sí, Mirjam es en la guardería de ese clínica. Linda chica! Simon la trajo una vez..." Die redselige Mitarbeiterin quasselt auf Tom los, als wären sie alte Bekannte. Er lächelt sie dankend an und fragt: „Dondé es la guardería?"

Sie knüpft sich die oberen Knöpfe des Kittels wieder zu und blickt sich im Flur um. „Ich weiss nicht, ob ich das einfach so sagen darf... Vielleicht wäre es besser, wenn Sie zuerst Simon fragen? Weiss er denn, dass Sie hier sind?" Sie himmelt dabei erneut Frank an und fügt hinzu: „Er hat mir nie erzählt, dass er so berühmte Freunde in Amerika hat!" Frank zwinkert ihr schelmisch zu: „Na wir alle haben so unsere Geheimnisse, nicht wahr? Leider haben wir Simon eben verpasst...aber..."

„No, no, er ist hier! Ich habe ihn gerade gesehen mit einer Patientin... Un momento mí amor!" Sie hebt ihren Zeigefinger der linken Hand in die Luft, während sie eine Art Mobiltelefon aus der Kitteltasche nimmt.

Kapitel 68

„Ich bin Kenneth Conley, ein Professor der Rechtswissenschaften aus New York. Mein Vater und ich begleiten eine Freundin aus der Schweiz auf der Suche nach ihrer Familie, die, wie wir vermuten, hier in Mexiko ist. Ich bin mir bewusst, das hört sich etwas seltsam an, ist aber die extreme Kurzfassung davon, wer ich bin..." Er stützt sich mit einer Hand auf das Bett und beugt sich etwas zu Rosalía vor. Diese rückt zugleich weiter weg und hält sich die Hand vor den Mund und sieht ihn traurig an: „Aus der Schweiz? Dios... mio... ist sie... also... " Sie legt ihre Hand auf ihren Oberschenkel und blickt zur Tür. Lautlos laufen ihr Tränen über die Wangen und sie schluckt laut, bevor sie weiterspricht: „Ihre Suche hat ein Ende hier..." Sie blickt ihren Highlander an und fügt hinzu: „Der Director General kennt den Zusammenhang noch nicht... Aber ich schon... Ich weiss alles..."

„Wie meinen Sie das, Rosalía? Können Sie uns weiterhelfen? Sie kennen also Simon, verstehe ich das richtig? Wo ist er?" Die vielen Fragen kommen so schnell und aufgeregt nacheinander, dass Rosalía mit beiden Händen abwinkt und einen Finger auf ihren Mund legt: „Scht!!! Nicht so laut! Das ist ein Irrenhaus! Und da draussen lungert eine Hexe herum! Die darf uns auf KEINEN Fall erwischen! Verstehen Sie?" Sie legt eine Hand auf Kens und blickt ihn ernst an: „Ich bin NICHT verrückt! Ok? Sie müssen mir glauben, alles, was ich Ihnen jetzt erzähle entspricht der Wahrheit, auch wenn es sich verrückt anhört! Ok? Vertrauen Sie mir? Glauben Sie mir? Ich bin NICHT verrückt!"

„Warum sollte ich sowas denken? Natürlich sind Sie nicht verrückt!" Er legt seine andere Hand auf die ihre und blickt sie gespannt an. Er betrachtet dabei ihr schönes Gesicht, ihre zarte Nase, ihre vollen Lippen, ihre schön geformten Wangenknochen und blickt direkt in ihre dunkel funkelnden Augen. Sie bemerkt seinen prüfenden Blick und ihre Pulsschlagader beginnt noch mehr zu pochen, bevor sie allen Mut zusammen nimmt und dem Mann ihrer Träume auf dem Bett, die Horrorgeschichten der letzten Tage berichtet.

Kapitel 69

„Holà, Amor!", bevor die verliebt lächelnde Carmelíta weiter ins Telefon sprechen kann, nimmt Frank es ihr lässig aus der Hand, drückt auf den roten Knopf und legt seinen Arm um ihre Hüften. „Oh, wir wollen Simon doch die Überraschung nicht vermasseln. Er wird sich noch VIEL mehr darüber freuen, wenn er weiss, dass seine zukünftige Señora uns dabei geholfen hat. Wir Männer mögen solch selbstbewusste, selbstsichere und starke Frauen! Ich hoffe sehr, er weiss wirklich zu schätzen, welche Perle er hier aus dem Meer gefischt hat, Carmelíta!" Während er sie mit seinen Worten in eine rosafarbene Wolke hüllt, geht er mit ihr etwas den Flur entlang, weg von den beiden Zuhörern.

Er weiss, dass diese Geste sie zum Plaudern bringt und flüstert ihr zu: „Wenn Sie mir verraten, wo die Kinderkrippe ist, verspreche ich Ihnen, Ihrem Simon niemals zu verraten, dass ich Ihren Spitzen BH berührt habe!... Sowas würde ihm nicht gefallen, er ist ein sehr eifersüchtiger Mann, glauben Sie mir, er kann sehr gefährlich werden..." Er zwinkert ihr zu und wartet auf ihre Reaktion.

***

Frank nimmt Carmelítas Hand in seine grossen Hände, küsst ihren Handrücken und macht einen Gentleman Knicks, bevor er triumphierend auf Linda und Tom zugeht. Er zeigt beide Daumen hoch und weist dann damit in Richtung Feuertreppe. Tom berührt ihn kurz am Arm und meint: „Und Ken? Er ist noch da drin!" Sein Daumen zeigt über seine Schulter in die andere Richtung des Korridors. Auch Linda macht keinen Schritt, als wäre sie zu Stein geworden.

„Linda! Komm! Wir holen uns jetzt Mirjam!" Conley blickt sie verständnislos an. Als er jedoch ihren Blick durchschaut, geht er auf sie zu, nimmt sie in den Arm, küsst sie auf den Kopf und flüstert:

„Zuerst die Kleine. Wir kommen zurück für Roberto! Versprochen! Aber erst die Kleine!"

Kapitel 70

Ken geht im Raum auf und ab wie ein zerstreuter Professor, den er im Moment tatsächlich verkörpert.

„Lassen Sie mich das richtig stellen! Bob... also Roberto lebt noch! Doch Simon weiss das nicht? Zumindest denkt dies Roberto... Wissen Sie, wo dieser Unfall war? Mexikanischer oder amerikanischer Boden? Hat er nur das Wort 'Grenze' benutzt?" Er bemerkt, wie schroff diese Fragerei auf Rosalía wirken muss und geht auf sie zu: „Entschuldigen Sie, Rosa! Das war eben nicht so gemeint! Ich, ich kann mir nicht ausmalen, wie das alles für Sie sein muss! Und dann noch die Geschichte mit Simon! Ich verstehe nur noch nicht, weshalb Sie ihn ausspionieren sollten... Nur wegen den gefälschten Unterlagen kann das doch nicht sein... oder etwa doch? ... Erpressung?" Er geht wieder auf und ab im Zimmer und blickt zur Decke:

„Dieser kleine Schmierfink! Natürlich Erpressung! Das bringt ihm viel Geld ein!" Ken bemerkt beim Vorbeiblicken ein leichtes Schmunzeln auf Rosalías Gesicht und stutzt verwundert.

„Lo siento mucho, Señor! Aber so schrecklich und unvorstellbar das alles hier ist... Ich habe noch nie einen Menschen kennen gelernt, der ebenfalls Selbstgespräche führt... Eine grosse, wenn nicht DIE grösste Schwäche von mir...!" Sie blinzelt verlegen und steht dann entschlossen auf.

„Aber Schluss damit! Wir haben Besseres zu tun jetzt! Gehe ich richtig davon aus, dass die Policía rufen, jetzt die falsche Taktik wäre?" Sie geht, ohne seine Antwort abzuwarten, in Richtung Tür und blickt zu Ken zurück: „Schön, Sie kennen gelernt zu haben Señor Conley, falls ich später keine Gelegenheit mehr dazu habe, Ihnen das zu sagen. Sie haben mich zwar aus meinem Traum geholt, aber ich weiss nun, dass die Gerechtigkeit am Schluss immer siegt und das gibt mir Hoffnung, meine Träume nicht aufzugeben."

Sie winkt den sprachlosen Anwalt zu sich und sagt mit ernster Miene: „Kommen Sie, Herr Professor der Rechtswissenschaften aus New York, Rosalía will jetzt wissen, was in diesem Paket ist!"

Kapitel 71

Kurz vor dem etwas abgelegenen Pavillon bleiben die drei Besucher stehen. „Ich denke, es ist besser, wenn ich hier draussen warte. Eine Fan Szene hat mir heute gereicht. Und dein Spanisch ist hier sicherlich hilfreicher als mein Machoauftritt." Frank legt seine Hand auf Toms Schulter und sieht Linda dabei an: „Los, geh! Hol dir deine Tochter zurück! Bring Mirjam in unsere neue Familie!"

„Nein, bitte Frank begleite mich! Ich brauche dich hier!" Zum ersten Mal seit die beiden sich kennen gelernt haben, sagt ihm Linda, dass sie ihn braucht. Diese Worte durchfahren Frank wie ein elektrischer Schauer, sein Herz beginnt zu flattern und sein Puls schlägt stärker. Ein warmes, wohliges und fast zärtliches Gefühl breitet sich in seinem ganzen Körper aus und er lächelt ein Lächeln, wie es weder Linda noch Tom je gesehen haben. Er nimmt ihre ausgestreckte Hand und geht wortlos neben ihr zur Bungalowtür. Tom öffnet die alte, bunt bemalte Holztür und lässt Linda als erste hindurchgehen.

***

„Bueños días, Señora. Puedo ayudarte?" Erstaunt über diesen fremden Besuch sieht die ältere, kleine und rundliche Mexikanerin in die Dreierrunde. Sie hält ihre dicken Hände unter dem üppigen Busen gefaltet und hat einen liebevollen Blick. Linda denkt sich, wie wohl sich Kinder in ihrer Obhut fühlen müssen und ist dankbar, dass Mirjam hier gut aufgehoben ist. Nein, war! Mirjam kommt nun in ihre richtige Familie. Zu ihrer Mama.

Linda macht einen Schritt näher auf die Kinderfrau zu und streckt ihr die Hand zum Gruss entgegen: „Bueños días, Señora. Sprechen Sie Englisch?" Die kleine Frau gibt ihr keine Antwort, sondern blickt sie lediglich fragend an. Tom tritt neben Linda, begrüsst die Señora ebenfalls und fügt auf Spanisch hinzu: „Wir sind Freunde von Simon Zimmermann. Er muss heute länger arbeiten und hat uns gebeten, Mirjam mit nach Hause zu nehmen. Aber ich gehe davon aus, dass Sie das ja bereits wissen. Er hat Sie doch darüber informiert, oder, Señora Ramírez?" Erstaunt sieht ihn Linda an und Frank schmunzelt über seinen schlauen Agenten, als er an der Wand Fotos der Angestellten mit Namen beschriftet sieht.

Kapitel 72

Sie öffnet zaghaft die Tür zum Flur und streckt ihren Kopf durch den Spalt. Sie lauscht und öffnet die Tür noch etwas mehr. Rosalía spürt den warmen Körper von Ken hinter sich stehen, bemerkt seinen Atem im Nacken und wünscht sich, dieser Moment wäre nicht hier und jetzt, sondern auf dem Pferd in ihrem Traum. Leise flüstert ihr Ken ins Ohr: „Vor wem haben wir Angst?" Rosa kichert ebenso leise und nennt sich selber eine Närrin, in dieser horriblen Geschichte, sich wie ein verliebtes Schulmädchen aufzuführen. Muss er denn auch noch über solch witzigen Charme verfügen?

„Vor der Hexe Carmelíta! Simons Freundin!" Sie spürt einen Ruck hinter sich und blickt zurück. Ken sieht sie verwundert an: „Er hat hier auch eine Freundin?" Nun stehen der kleinen Mexikanerin die Fragezeichen ins Gesicht geschrieben.

„Wie bitte, was?" Sie stützt sich beide Hände in die schmale Taille und blickt den unschuldigen Professor böse an! „Er hat eine Freundin in New York? Soso, interessant was dieser Simon noch so alles zu verheimlichen hat! Davon hat auch Roberto nichts erzählt. Sie scheint also nicht sehr wichtig gewesen zu sein." Sie will sich gerade abdrehen, als Ken erwidert: „Na, das würde ich so nicht sagen. Sie war zumindest die Schlüsselfigur in der Sache. Sie war die Krankenschwester, welche Jasmin, also Mirjams Mutter, gepflegt hat, nachdem sie mein Vater ins Krankenhaus gebracht hatte." Rosa bleibt stehen, schliesst die Tür wieder und dreht sich langsam zu Ken um.

„Moment. Die Krankenschwester, sagen Sie? Wie lange hat sie denn noch gelebt? Jasmin meine ich." Die Physiotherapeutin verschränkt sich die Arme vor der Brust und wartet auf Kens Antwort. Dieser legt seine Stirn in Falten und stützt sich mit einer Hand auf der geschlossenen Tür ab.

„Ich verstehe nicht ganz. Wie meinen Sie, wie lange sie noch gelebt hat? Jasmin ist nicht gestorben, sie hat überlebt und ist hier in Mexiko, um Mirjam zu holen. Das habe ich Ihnen doch erzählt!" Er zeigt mit der anderen Hand auf das Bett, als wolle er sie an die Situation zurück erinnern. „Nein, haben Sie nicht! Ich bin ab und zu verwirrt und führe zugegeben sehr oft Selbstgespräche! Aber, ich vergesse nie, was man mir gesagt oder erzählt hat. Ich habe ein Elefantenhirn! Jawohl, das habe ich! Auch wenn wir hier in Mexiko keine Elefanten haben, also wir haben schon welche im Zoo, aber nicht in der freien Natur... Rosalía Dios mio, Rosa, komm auf den Punkt!"

Sie wirft beide Hände in die Luft und denkt zu bemerken, dass ihr Verhalten den jungen Anwalt zu amüsieren scheint. Er schmunzelt fast unverkennbar und bückt sich zu ihr hinunter. Sie kann sein atemberaubendes Aftershave aus der Nähe riechen und erinnert sich just in diesem Moment an ihr Erbrochenes auf dem Bett!

„Was genau habe ich denn gesagt?" Die liebevollen Augen funkeln sie an und sie will ihm die elefantenmässigen Erinnerungen mitteilen, als es an der Tür klopft.

Kapitel 73

Aufgrund ihrer Gestik und der Tatsache, dass Señora Ramirez beginnt, etwas auf dem kleinen Schreibtisch zu suchen, sehen sich Linda und Frank an. Linda geht näher zum Actionheld hin, schlingt ihren Arm um seinen, als müsste sie sich mit seiner Hilfe aufrecht halten. Er legt seine warme grosse Hand auf ihren Arm und küsst sie auf die Stirn, während er flüstert: „Keine Sorge, Tom macht das schon. Wenn es einer schafft, dann dieser schlaue Fuchs!" Linda nickt, presst ihre Lippen aufeinander und flüstert besorgt: „Und Susie? Was ist mit ihr?" Sie wagt es kaum, diesen Namen auszusprechen und ihre Augen füllen sich mit Tränen. Conley dreht sich zu ihr und zwinkert ihr zu: „Nein, um Susie müssen wir uns bestimmt keine Sorgen machen, Linda. Da habe ich sehr viel Vertrauen in diese Wucht von einer Frau!"

„Linda?" Tom unterbricht das Flüstergespräch der beiden und streckt seine Hand in ihre Richtung. „Möchtest du die Kleine selber wecken oder soll die Betreuerin sie für dich holen?"

Das Gesicht der Schweizerin wird kreideweiss, ihre kalten Hände zittern, ihr Mund wird trocken, ihr Herzschlag erhöht sich rasant und ihre Beine scheinen sie gleich im Stich lassen zu wollen. Frank sieht sie erst freudig an, bemerkt dann jedoch ihr Erstarren und nimmt sie seitlich in den Arm.

„Wir warten besser hier, nicht, dass die Kleine sich erschreckt...", antwortet er anstelle von Linda, und an sie gerichtet, um die Situation etwas aufzulockern: „Es ist zwar schon eine Ewigkeit her, aber daran mag ich mich noch sehr gut erinnern. Ken mochte es gar nicht leiden, wenn ihn jemand anderes geweckt hat, anstelle von Heather oder Bonnie."

Er gibt Tom ein Kopfzeichen, welches seinen Agenten auffordert, Señora Ramírez den Entscheid mitzuteilen. Diese nimmt den Auftrag entgegen und beim Weggehen, fragt sie Tom etwas auf Spanisch. Dieser sieht erst Linda an und beantwortet die Frage eigenständig.

„Was hat sie gefragt, Tom?" Lindas Gesichtsfarbe scheint sich etwas zu erholen, doch ihre eisig kalten Hände krallen sich an Franks Arm fest.

Tom geht auf die beiden zu, steckt sich beide Hände in die Hosentasche und antwortet: „Ob sie gleich alle Sachen von Mirjam einpacken soll, weil ich ihr erzählt habe, dass wir alle gemeinsam lange Ferien machen werden." Er lächelt Linda an, während er auf seinen Füssen vor- und zurückwippt: „Und ich habe ´ja gerne´ geantwortet!"

Kapitel 74

Rosalía öffnet die Tür und steht direkt vor Carmelíta, der letzten Person, der sie jetzt begegnen möchte. Beim zweiten Gedanken muss sie sich zwar eingestehen, dass gleichermassen weitere Personen auf dieser Liste stehen würden und sie lächelt die

Krankenschwester übertrieben freundlich an: „AWW...
Carmelíta! Wie lieb von dir, nach mir zu sehen! Mir
geht es wieder prächtig! Danke der Nachfrage! Dieser
junge Gentleman hat aufgepasst, dass ich nichts
Dummes mache hier... oh... Ich musste mich
übergeben... lo siento mucho! ... Soll ich es gleich
selber in die Wäscherei bringen?" Hastig, wie ihr
Geschwafel, geht sie am überraschten Ken vorbei
und beugt sich über das zusammengefaltete
Leintuch. Sie hört Carmelítas lautes Kaugummi
kauen und weiss, dass diese gerade damit
beschäftigt ist, Ken zu begutachten.

„Ihr kennt euch bestimmt noch nicht!" Beim
Zurückgehen lacht Rosalía peinlich laut und Ken setzt
seine Stirn in Falten.

„Carmelíta, das ist ein Professor aus New
York, er hat mich offenbar ohnmächtig hergebracht.
Señor Professor, das ist unsere bezaubernde
Krankenschwester Carmelíta. Simons Freundin!" Sie
wirft ihrem Highlander einen vielsagenden Blick zu
und zwängt sich zwischen Carmelíta und dem
Türrahmen hindurch.

„Sie kennen Simon auch? Das scheint heute mein Glückstag zu sein! Schau her, Cucaracha!" Carmelíta wendet ihren Blick verführerisch von Ken ab, blickt mit hochgezogener Augenbraue Rosalía an und öffnet die oberen Knöpfe ihres hautengen Kittels. „Carmelíta! Was machst du da?!" Empört will Rosalía das weitere Aufknöpfen verhindern, doch da präsentiert ihr die stolze Krankenschwester bereits ihre Trophäe. Die kleine Physiotherapeutin weiss nicht, was sie damit anfangen soll und hebt die Schultern als einzige Frage. „Das hat mir Frank Conley gemacht! Du wirst doch wohl Frank Conley kennen, Cucaracha?!" Sie stützt beide Hände in ihre schmale Taille und sieht Rosa entsetzt an.

„Oh, Sie haben Frank Conley getroffen? Wie aufregend!" Ken gesellt sich mit schelmischem Grinsen zu den beiden Frauen im Türrahmen und wirft nur einen kurzen Blick auf den aufreizenden Anblick, den Carmelíta noch immer freizügig präsentiert. Sie strahlt ihn über beide Ohren an: „Sí! Sie sind auch Amerikaner?" Von Rosalía abgewendet, widmet sie nun ihre volle Aufmerksamkeit dem jungen Professor. „Und sind auch ein Freund von Simon?" Sie lässt ihren Kittel präsentierend offen stehen und reicht ihm die Hand zum Gruss.

Die Gunst des Augenblickes nutzen, denkt sich Rosa und geht erst langsam, dann hastig den Flur entlang, noch immer das Leintuch mit dem schlecht riechenden Inhalt in den Händen.

Kapitel 75

Franks Blackberry vibriert aufdringlich in seiner Hosentasche, sodass es auch den anderen beiden Wartenden auffällt. „Willst du nicht rangehen?" Tom zeigt mit der Hand auf Conleys Hose. „Nein, doch nicht jetzt!" Er hebt beide Hände, wie zum Gebet und blickt erneut gespannt auf die Tür, durch welche die kleine Kinderfrau vor einer gefühlten Ewigkeit gegangen ist.

„Und wenn es Susie ist?" Linda sieht erschrocken in seine vertrauten Augen, welche diese Emotion sogleich teilen. Hastig greift Conley in die Hosentasche und blickt auf das Display seines

Telefons. Ebenso schnell wischt sein Finger darüber und er hält sich das moderne Sprechgerät an sein Ohr: „Susie!? Wo bist du? Geht es dir gut?"

Er wendet sich ab und hält sich die andere Hand deckend auf das zweite Ohr: „Ich kann dich kaum hören!! Wo bist du?!" Linda und Tom sehen sich gespannt an und versuchen mehr zu erfahren, indem sie Frank nachlaufen.

„Er hat WAS? Aber... wie... um Himmels Willen, Susie! Es tut mir so leid! Was, was will er denn!?...Hallo…?! Susie…?!... ohh... Hallo Simon! Was wollen Sie? Das ist kein Actionfilm mein Guter, glauben Sie mir, ich weiss, wovon ich spreche!" Frank legt sich eine Hand auf die Stirn, während er aus dem Fenster vor sich blickt. „Bitte, was soll das? Sie machen alles nur noch viel schlimmer! Wir sollten an Mirjam denken... und… und auch an Ihre Zukunft! Wollen Sie denn lebenslang auf der Flucht sein? Wir finden eine Lösung! Sagen Sie mir, was Sie wollen, damit Susan Manders wieder zu uns kann!"

„Señorita?" Eine zaghafte Frauenstimme reisst Linda aus dieser unerklärlichen Situation und sie blickt hinter sich. Señora Ramírez steht mit einer Tasche in der Hand direkt hinter ihr und hält sie ihr hin. Zu Tom gerichtet, begleitet sie diese Handlung mit spanischen Worten, welche Tom sogleich simultan übersetzt: „Das sind Mirjams Sachen. Ersatzkleider, Pulvermilch und Trinkflaschen. Den Schnuller mag sie ja nicht besonders, aber das wissen Sie ja sicherlich, deshalb haben wir den schon lange entsorgt. Valeria macht Mirjam noch frisch, sie hatte eine volle Windel. Wir werden den süssen Sonnenstrahl sehr vermissen, sie hat ein so fröhliches Wesen, wenn man bedenkt, dass sie so ganz ohne Mama aufwachsen muss. Aber Simon wird sich bestimmt etwas Gutes überlegt haben. Er ist ein so fürsorglicher und liebevoller Vater! Auf jeden Fall wünschen wir Ihnen erholsame Ferien und freuen uns Mirjam bald wieder bei uns zu haben."

Kapitel 76

Leise, wie auf Wolken, trippelt die sportliche Physiotherapeutin den Flur auf der Krankenstation entlang, öffnet willkürlich eine Tür und wirft das zerknüllte, stinkende Tuch hinein. Sie schliesst die Tür fast lautlos und lauscht, ob sie die beiden noch sprechen hört. „Ekelhaft!", spricht sie zu sich leise, „Man kann ihren Kaugummi bis hierher knallen hören!" Sie verdreht ihre Augen und bemitleidet Ken. „Na, was solls, er hat meine peinlichen Selbstgespräche und mein Erbrochenes überlebt, da wird er mit dieser Schlange locker fertig!" Sie wirft ihre Hand über den Kopf und geht mit erhobenem Haupt weiter zur nächsten Tür. Bevor sie jedoch die Türklinke zum Öffnen drückt, blickt sie zurück und verspürt ein flaues Gefühl von... Ja was war das…? Eifersucht?

„Du spinnst Rosa! Du willst keinen Amerikaner! Und du kennst ihn ja gar nicht! Ein wunderbarer Traum und schöne Augen reichen da nicht aus! Also hör auf damit! Überlass dies alles Carmelíta! Die verschlingt einen nach dem anderen und zeigt dann ihren makellosen Busen auch sogleich dem Nächsten!"

Während sie sich nicht zum ersten Mal in den vergangenen Wochen für eine Närrin hält, geht sie unbemerkt in das Krankenzimmer und schliesst die Tür hinter sich.

„Bob? Roberto?" Rosa flüstert seinen Namen, als könnte sie jemand hören. Sie geht vorsichtig auf das Bett zu, worin noch immer ihr einst Lieblingspatient regungslos liegt. Seine Augen sind geschlossen und sein Brustkorb bewegt sich sehr langsam auf und ab. Sie blickt sich im Zimmer um, kann jedoch nirgends das Paket sehen. Sachte setzt sie sich neben dem Schlafenden auf die Bettkante und blickt das zur Hälfte verbrannte Gesicht bemitleidenswert an. Sanft streicht sie ihm über die vernarbte Kruste auf der einen Wange und lässt ihren Zeigefinger über das geschlossene Augenlid gleiten.

Ihr Hirn kann nicht zeitgleich auf jeden Einfluss reagieren. Aus diesem Grund bleiben ihre Stimmbänder stumm, doch ihre Hand gibt einen abwehrenden Reflex von sich und schlägt dem Patienten ins Gesicht. „Estàn girando?! Sind Sie verrückt geworden?!" Ruckartig steht sie auf und hält sich die gewalttätige Hand auf die Brust. Sie schliesst die Augen und atmet tief durch.

238

„Es tut mir leid, Rosalía! Es tut mir leid! Ich... Ich wusste nicht genau, ob Sie es wirklich sind... Bitte, es tut mir leid!" Roberto streckt ihr eine Hand entgegen und blinzelt durch sein weniger verletztes Auge hindurch.

„Ja genau! Jede Frau hier in diesem Irrenhaus führt Selbstgespräche mit meiner Stimme! Sie haben mich fast zu Tode erschreckt! Sie Wahnsinniger! Wo ist das Paket?" Um nicht noch mehr wertvolle Zeit zu verlieren, blickt sich Rosalía erneut, diesmal jedoch gezielter im Zimmer um.

„Hier! Ich habe es versteckt, als Sie das Gespräch mit dem Psychiater und Ihrer Busenfreundin führten wegen den Tabletten." Er zeigt mit der Hand auf seine Beine und Rosa wirft die Bettdecke an den Füssen zurück. Sie nimmt die sorgfältig verpackte Schachtel vom Bett und setzt sich damit zu ihm.

„Und die Pillen?" Sie öffnet ihre Hand demonstrativ vor seinem Gesicht und er greift mit der Hand unter die Bettdecke: „Ich glaube nicht, dass Sie die noch gebrauchen können... sorry..." Langsam kommt seine Hand wieder zum Vorschein und als er sie öffnet, blickt Rosa auf buchstäblich eine Hand voller Tabletten.

Kapitel 77

Linda nimmt die ihr hingehaltene Tasche schweigsam entgegen und unterdrückt jeglichen sichtbaren Hass. Sie schenkt Tom einen vielsagenden Blick und er bedankt sich bei der Betreuerin auch im Namen von Simon, für die netten Schmeicheleinheiten. Die Kinderfrau erwidert noch kurze Sätze, bevor sie kehrt macht und zurück durch die Tür zur Gruppe geht. Linda sieht Tom an: „Danke, Tom! Ich habe das noch gar nicht gesagt, aber ich schätze es ungemein, was Sie für mich tun!" Sie hebt dazu demonstrativ den Finger und fügt hinzu: „Auch wenn Sie es als Ihre Pflicht ansehen, oder weil Sie dafür bezahlt werden! ICH, Linda, danke Ihnen aus ganzem Herzen!"

Tom nimmt ihr die Tasche, leicht beschämt ab, und erwidert: „Danke, Linda. Das bedeutet mir sehr viel! Ich glaube, ich nehme das hier besser, Sie werden gleich beide Hände gebrauchen!" Sie schenken sich abschliessend ein dankbares Lächeln und widmen ihre Aufmerksamkeit wieder Frank zu, der noch immer am Telefon ist.

„Doch natürlich können Sie das! Was sollte dagegen sprechen?" Frank scheint tief inmitten einer strategischen Verhandlung zu sein und fährt sein konzentriertes Gespräch fort: „Geben Sie mir Mike ans Telefon!" Sein forscher Ton erschreckt Linda und sie blickt hinter sich, ob sein Telefonat störend sein könnte in dieser Umgebung. Tom bemerkt ihren besorgten Blick und führt den telefonierenden Frank am Arm in Richtung Tür. Dieser ist etwas irritiert über Toms Geste und blickt zu Linda. Er stoppt seinen Manager beim Vorhaben und hält einen Zeigefinger in die Luft, als Zeichen von 'warte kurz, bin gleich fertig!'

„Mike? Mike, egal wohin er will, flieg ihn! Susan bleibt hier! Sie MUSS hier bleiben!... Ja natürlich auch Costa Rica! Egal wohin! Bring diesen Mistkerl einfach weg von hier!... Wie meinst du das?... Warum sollte er das tun?... Mike?!... MIKE!?" Perplex sieht Frank den Bildschirm seines Blackberrys an und runzelt die Stirn. Er drückt mit beiden Händen darauf rum und will die Wahltaste betätigen, als sich die Tür im Raum öffnet und eine zierliche, junge Frau mit einem gefüllten Tuch mit bunten Stickereien darauf eintritt. Allen drei Anwesenden stockt der Atem. Da sich niemand bewegt, geht die Frau mit dem Bündel in den Armen direkt auf Linda zu. Auf halbem Weg bewegt sich das schöne Stück Stoff und ein quiekendes Babygeräusch ist zu hören.

Linda schlägt sich beide Hände vor den Mund und blickt mit tränengefüllten Augen auf das sich bewegende Bündel in mexikanischen bunten Farben.

Kapitel 78

Langsam wandert eine Tablette nach der anderen in den Mülleimer direkt neben dem Bett und Rosalía zählt laut mit. „Caramba! Die hätten Sie bestimmt umgebracht, hätten Sie das alles zu sich genommen!" Sie wischt ihm die Hand ab, als Geste, dies hinter sich zu lassen.

„Bob, bevor wir dieses Paket öffnen, muss ich Ihnen etwas mitteilen..." Sie blickt ihn nachdenklich an, dann wieder seine Hand, welche sich sogleich um ihre schliesst. „Was ist Rosa? Was müssen Sie mir mitteilen? Oder kann es warten, bis wir hier draussen sind?" Irritiert blickt sie in die verletzten Augen, welche versuchen, sie im Raum zu fokussieren.

„Draussen? Wo draussen? Ich verstehe nicht!" Robertos Hand hält ihre noch immer fest umschlungen und als er ihr Antwort gibt, folgt seine zweite, die sich ebenfalls darauflegt: „Deswegen sind Sie doch hier! Um mich hier rauszubringen! Oder nicht? Ich dachte, nachdem ich vorgetäuscht habe, die Tabletten brav einzunehmen, um somit den Psycho ruhig zu stellen, würden Sie bestimmt den nächsten Schachzug wagen! Nein? Was habe ich falsch verstanden?" Noch immer versuchen seine lädierten Augen ihren Blick aufzufangen, was ihm einen so hilflosen Anblick verleiht, den Rosalías Herz fast zum Brechen bringt!

„Oh, Bob! Daran habe ich noch nicht einmal denken können! Sie machen sich keine Vorstellung,

was ich in den vergangenen Stunden erlebt habe...
und wissen Sie was? Es hat ALLES mit Ihnen zu tun!"

Sie löst ihre Hand aus seinen und tippt mit ihrem Zeigefinger auf seine Brust, gerade so fest, dass er es spüren kann. Roberto versucht sich mühevoll im Bett aufzurichten und stöhnt wegen seinen Schmerzen: „Und das ist gut? Zumindest wirken Sie nicht mehr so wütend auf mich wie zuvor, als wir uns das letzte Mal unterhalten haben. Was hat sich geändert?"

„An der Tatsache, was Sie und dieser Simon gemacht haben, auch wenn Sie nur Mittel zum Zweck waren, und was ich davon halte, hat sich nichts geändert! Ich finde Sie diesbezüglich noch immer ein feiges Scheusal! Aber... Eine Sache hat sich in der Tat verändert... Auch für Sie, mein Freund!"

„Nun spannen Sie mich doch nicht so auf die Folter! Was ist los? Was ist geschehen? Hat es mit Simon zu tun? Ist etwas mit Mirjam?" Rosa versteht seine fast platzende Neugier, vermischt mit Panik, Hoffnung und Angst. Dennoch findet sie nicht die passenden Silben, um einen vernünftigen, informativen Satz zu bilden. Sie schliesst die Augen, holt tief Luft und will ihrem Unterbewusstsein freien Lauf lassen, schon das Richtige zu tun, als sich die Tür langsam öffnet.

***

Outro

„Das hast du grossartig gemacht, Querída! ... natürlich nicht! .... Wie kommst du darauf? ... Sowas würde ich niemals denken! Für mich seid ihr Krankenschwestern das Grösste auf der Welt! ... Nein! Da hast du vollkommen recht: DU bist die Grösste für mich auf der Welt ... Bis später dann, wie abgemacht?... Wunderbar!... Té quiero!" Simon steckt sich das Mobiltelefon in seine Hosentasche und blickt in die verachtenden Augen von Susan Manders.

„Tja, was soll ich sagen, ich bin eben verrückt nach der Kleinen! Schade, dass Sie sie nicht kennen lernen werden!" Er hebt seine Schultern an und lässt sie auch sogleich wieder fallen. „Zumindest ist sie mir offensichtlich wichtiger, als Sie dem guten Frank! Läuft da eigentlich etwas zwischen dem Alten und Jasmin? Ich mochte diese besserwisserische Professorin noch nie... Keine Ahnung, was Roberto an der fand! Na, was solls, geht mich auch nichts an! Wir holen jetzt meine Kleine und dann ab nach Costa Rica! Ich brauche dringend Ferien! Diese Rosalía hat mich richtig auf Trab gehalten...Was für ein verrücktes Weib!"

Während er vor sich hin plappert, händigt er zwei Taschen an Mike! Dieser legt sie sorgsam unter die Fliegersitze seines mobilen Arbeitsplatzes und sieht Susie fragend an. Diese hebt cool eine Augenbraue und erwidert an Simon gerichtet: „Was hält denn eigentlich Leslie von Ihrer neuen Liebschaft?" Emotionslos blickt Simon Mike an: „Hach, diese Weiber!" Und zu Susie: „Soviel ICH weiss, hat die Gute mich verpfiffen, oder etwa nicht? Spielt jetzt aber keine Rolle mehr, ich habe, was ich immer wollte und das ist Mirjam. Und jetzt holen wir sie!"

„Das hat doch aber Frank schon getan! Deshalb bin ich ihm ja nicht wichtig, in Ihren Augen!"

Susan lässt sich von Mike in den Helikopter helfen, doch ihr Blick weicht nicht von Simons Gesicht. Sie will keine Sekunde seines Ausdrucks, seiner Miene verpassen.

Dieser schmunzelt schelmisch, legt sich den Kopfhörer an und erwidert ihren Blick: „Nein, hat er nicht! Er kümmert sich gerade liebevoll um ein armes Waisenkind... Ich sagte doch: Carmelíta ist ein Goldstück! Und eine zusammenhaltende, mexikanische Familie, sollte niemals unterschätzt werden."

Während Mike den Helikopter von Frank Conley zur psychiatrischen Klinik und deren Landeplatz fliegt, blickt Susan Manders auf die mexikanische Landschaft hinunter und dankt Gott für ihre beiden Söhne, welche sie niemals mehr Idioten nennen wird, sollten sie einander wiedersehen.

***